(RE)PLAY!

DU MÊME AUTEUR

Au rebond, Actes Sud Junior, 2009.
Blog, Actes Sud Junior, 2010.

www.actes-sud-junior.fr

Éditeur : François Martin.
Conception graphique : Christelle Grossin et Guillaume Berga.

ISBN 978-2-7427-9597-0

Loi 49-956 du 16 juillet 1949 sur les publications destinées à la jeunesse.

(RE)PLAY!

JEAN-PHILIPPE BLONDEL

ACTES SUD JUNIOR

À Francis Couvreux.
À Boris, Morgan, Rodolphe, Carmen,
Maxime, Rémy, Thibault, Adrien, Pauline, Loïc, Émilia,
Émilien, Benjamin(s) et les autres…

1

CLÉMENT S'EST PENCHÉ VERS MOI en sortant du cours de maths. Il m'a lancé :

— Tiens, au fait, j'ai parlé avec le documentaliste ce matin. Tu sais quoi ? Il paraît que Franck Ménard va venir au lycée donner une conférence sur l'état de la presse rock en France.

Je n'ai rien répondu. J'ai fait semblant de ne pas être intéressé. C'est là qu'il a lancé l'estocade.

— Il paraît que ça se finira par un concert. Enfin, il écoutera quelques morceaux des deux ou trois groupes de l'établissement, quoi. Dommage que les Frontlights se soient séparés.

Il m'a adressé un clin d'œil et il est parti avec un sourire en coin. Je crois que je n'ai jamais détesté quelqu'un autant que Clément, à ce moment-là. Mais bon, ce n'est pas un scoop non plus. Je hais Clément. Sa gueule de petit minet avec sa frange sur le devant, son regard clair, ses fringues qui puent le fric, sa façon d'inviter cent personnes aux soirées qu'il donne quand ses parents ne sont pas là, et le fait que tout le monde s'y précipite parce qu'il y a une piscine. Ses guitares dernier cri et tout le matos dans sa cave reconvertie en studio capitonné, pour que le fiston s'éclate. Son gang de bobos, les Jigsaws, qui se la jouent rebelle en reprenant des morceaux des Babyshambles.

Tout ce que je méprise.

J'ai haussé les épaules. Je n'en ai rien à cirer. Je suis bien au-dessus de tout ça. J'étais sûr de toute façon que ce n'était que du flan. Franck Ménard ne se déplacerait jamais dans un bahut de province – il a bien d'autres chats à fouetter. C'est le rédacteur en chef du magazine de musique le plus lu en France. C'est aussi le producteur de deux des groupes les plus en vue du moment. Et accessoirement, il a fait des ravages au sein du jury d'une émission de télé à la mode. Un mec comme ça, se déplacer ici, en Champagne, dans un lycée anonyme ? Une rumeur qui va disparaître comme elle était venue – comme celle qui racontait, l'année dernière, que le proviseur s'était fait casser la gueule par un interne. La rumeur, c'est un des fondamentaux de la vie de lycéen. Ça commence dès huit heures du mat, avec les ragots du style "il paraît que la prof de SVT est absente", et ça continue toute l'après-midi avec les pseudo-histoires d'amour et les fausses ruptures. Au début de la seconde, quand on arrive, on y croit. En terminale, on est blindé.

J'ai retrouvé le sourire en imaginant la tête de Clément quand il apprendrait que ça ne se basait sur rien, son histoire. Même de croiser Mathieu dans les couloirs, ça ne m'a rien fait – enfin presque. Disons que j'ai feint de ne pas le voir, comme toujours, mais vu qu'il rase les murs, ces temps-ci, ça n'a pas été difficile. J'avais récupéré la pêche quand je suis entré au CDI. Je voulais y retrouver Louison. Elle devait me redonner ma fiche de lecture de philo, qu'elle avait dû recopier *in extenso*, comme d'hab.

Mais là-dedans, c'était l'émeute. Une bonne vingtaine de lycéennes en folie, entourant le vieux Francis, qui n'avait pas été pareillement à la fête depuis des années. Et que ça te lançait des petits cris suraigus, et que ça te trépignait partout en serrant ses petits poings. Lamentable. J'ai pris un air goguenard et j'ai demandé ce qui se passait. Et Francis, fier comme un coq, de répondre :

— Franck Ménard vient au lycée.

— Il a que ça à faire ?

— Eh bien dis donc, quelle agressivité ! Je pensais que ça t'intéresserait, toi qui te prétends passionné par le rock.

— Justement. Ménard, c'est un has been.

Francis s'est mis à rire. Il n'est pas facile à mettre en colère, Francis. Il a passé des années dans son CDI et les réactions des élèves lui glissent dessus comme de l'eau sur les plumes d'un canard. Il a juste ajouté que valait quand même mieux être un has been qu'un has never been. Il a aussi précisé que Ménard faisait le déplacement pour pas grand-chose – remboursement des billets de train et cinquante euros de cachet – par pure amitié. Là, j'ai carrément tiqué.

— Amitié pour qui ? j'ai demandé.
— Pour moi.
— Hein ?
— Eh ouais, mon pote. Ménard et moi, on était voisins quand on était mômes. Et en fait, on ne s'est jamais vraiment perdus de vue.
— Tu ne nous l'as jamais raconté, ça !
— Il y a beaucoup de choses que je ne raconte pas. Par exemple, je ne t'ai jamais dit que j'étais plutôt client de la musique que tu faisais avec tes copains, l'année dernière.
— Mmh. Merci.
— De rien. D'ailleurs, Ménard, il a envie de savoir ce que les gamins ont dans le ventre. Il prendra du temps pour écouter les différents groupes du lycée.
— On est séparés.
— Il paraît, oui. Mais c'est l'occasion de se reformer, non ?
— M'étonnerait.
— Des problèmes d'ego surdimensionnés ?
— Non. Oui. C'est trop compliqué.
— Bon, alors je t'inscris pour la conférence ou pas ? Parce que le nombre de places est limité et que les demoiselles, là, elles viennent déjà de remplir un tiers de la salle.
— Mmh.
— C'est pas une réponse, ça.
— Oui.

C'était un tout petit "oui". Un truc fragile et discret, entre le grommellement et l'acquiescement – mais j'ai vu Francis qui ajoutait mon nom sur la liste et qui souriait.

J'aime bien Francis. Il est carrément vieux, dépassé par les nouvelles technologies et parfois complètement à l'ouest, mais il sait se rendre disponible et je crois qu'il l'aime, son boulot. Même s'il râle tout le temps. Parfois je l'observe quand il regarde la salle de la bibliothèque – les élèves à moitié vautrés sur les tables, les cartables qui vomissent leurs affaires sur la moquette –, il soupire mais, au fond, il est content d'être là. Content et triste en même temps. Comme s'il regrettait d'être de ce côté-là du bureau. Comme s'il aurait tout donné pour traverser l'espace et le temps afin de retrouver ses dix-sept ans. Il n'a jamais loupé un concert de groupes d'élèves – même si son kif, dernièrement, c'est plutôt le jazz gitan, Thomas Dutronc et toute cette tendance-là. Il vient dans les bars du centre-ville, toujours seul, il commande une bière, il écoute quelques titres et il se tire sans aucun commentaire. Le seul concert auquel il ne se soit pas pointé, c'est celui de son fils, il y a quelques années. C'est logique qu'il soit pote avec Franck Ménard, au fond. Ils se ressemblent, avec leur côté vieux qui se raccroche.

Franck Ménard.

Merde alors.

Franck Ménard, d'abord, c'est l'une des stars de mon père. Genre, mon père achetait son magazine quand il avait mon âge et, un peu plus tard, il regardait les émissions de télé que Ménard animait. Bon, avec les années, c'est passé, et mon père, maintenant, il n'écoute plus beaucoup de musique et, quand il lui arrive de voir Ménard sur l'écran, il a tendance à zapper en disant que c'est pénible, les gens qui ne savent pas vieillir mais, au fond, on voit bien qu'il est jaloux et qu'il aurait bien aimé avoir la vie de l'autre, avoir rencontré tous les groupes de la planète, avoir serré la main aux plus grands guitaristes du monde, vivre encore avec la musique, la fièvre et les excès. Mon père, il travaille dans une banque, comme conseiller fiscal, et le seul excès qu'il s'autorise encore, c'est les clopes qu'il n'a pas réussi à arrêter – mais dont il a considérablement réduit la consommation.

Et puis Ménard, c'est une référence – et pas que pour la génération de mon paternel. Il n'a jamais arrêté d'écumer les scènes et les coulisses – pardon, le *backstage* – et c'est lui qui produit tout ce qui compte dans la scène rock actuelle.

Il y a un an, j'aurais tout donné pour rencontrer Franck Ménard.

Aujourd'hui, c'est différent.

Aujourd'hui, je n'ai plus de groupe.

En fait, ça m'a carrément foutu le blues, cette histoire. Je n'ai même pas participé en anglais, qui est ma matière préférée depuis mon arrivée au lycée, parce que cette langue-là, elle sonne tellement mieux que le français quand on la pose sur des accords et que, chanter en anglais, que tu le veuilles ou non, c'est la classe ultime – à condition que tu ne transformes pas les paroles en bouillie.

Pendant la pause, je me suis assis sur un banc et je les ai tous regardés, dans la cour. En train de parler fort. De rire. De se prendre la tête. C'était comme si j'étais étranger à tout ça. J'aurais tout donné pour pouvoir m'enfuir. Être l'année prochaine, à la fac. Ou mieux encore, l'année dernière. Parce que l'année dernière, j'étais chez moi, ici. C'était mon antre. Mon paradis.

2

Tout a commencé en novembre, il y a deux ans. Cela faisait trois mois que j'étais au lycée. Le passage entre la troisième et la seconde avait été une vraie secousse, mais je commençais à mieux maîtriser ce que les profs me demandaient, et les notes remontaient. Il y avait dans ma classe peu d'élèves avec lesquels j'avais été au collège, mais je ne m'en portais pas plus mal. J'avais envie de voir de nouvelles têtes. Je cherchais de nouveaux amis – des gens qui, cette fois, auraient les mêmes centres d'intérêt que moi.

La prof d'espagnol est partie en congé maternité et, à sa place, on a eu droit à une espèce de sorcière directement sortie de nos pires cauchemars. Elle a commencé par réorganiser tout le plan de classe. Elle m'a séparé d'Emmanuelle parce que nous avions eu l'audace d'échanger des regards éloquents quand elle avait parlé de "remettre au travail tous les bons à rien qui peuplent cette salle". Emmanuelle est partie rejoindre Lise au fond de la classe, et moi, j'ai hérité de Mathieu. C'est sans doute la meilleure et la pire des choses qui me soient arrivées au lycée. Et je la dois à une connasse d'envergure.

Sur le classeur de Mathieu, il y avait des citations, des dessins, des logos. On pouvait passer des heures entières à oublier ce que racontaient les enseignants en s'absorbant dans le décryptage des messages de Mathieu. Sur mes affaires, il n'y a jamais rien. Je suis du genre méfiant. Je n'ai pas envie qu'un prof, en ramassant mes cahiers, sache que j'aime tel ou tel groupe ou que je suis amoureux de telle ou telle personne.

Plus tard, au milieu d'un cours particulièrement assommant sur la Conquista, Mathieu a brisé le plus naturellement du monde toutes mes défenses. Il a directement écrit sur la couverture intérieure de mon cahier. Et il a écrit "*Hola. Me llamo Mathieu*", ce qui était une pure provocation vu que nous étions voisins depuis bientôt trois semaines. Je n'ai pas pu m'empêcher de sourire. Alors il a continué, dans une espèce de mélange trilingue – anglais, espagnol, français. Il m'a demandé si j'avais déjà eu des fantasmes sur la prof, ce que j'aimais comme groupes, si ça ne me faisait pas trop chier d'être coiffé comme un naze ; instinctivement, je me suis passé une main dans les cheveux, et là, il a éclaté de rire. Et nous avons été expulsés du cours. Dans le bureau de la Vie scolaire, la CPE a soupiré. Elle en avait vraiment ras-le-bol de recevoir les exclus de Mme Casarès, surtout que nous, on n'avait rien à nous reprocher par ailleurs. Les salles d'étude étaient surchargées. Elle nous a envoyés au CDI. Sur le chemin, je me suis arrêté et, très formellement, j'ai tendu la main à Mathieu en articulant bien :

— *Hola. Me llamo Benjamin. Qué tal ?*

Nous sommes devenus amis pour la vie.

Sauf que la vie, elle a duré moins de dix-huit mois.

Mais c'est déjà bien, dix-huit mois.

Un an et demi à passer des heures avec quelqu'un. Un an et demi à penser que, pour la première fois, on a un ami. Un ami à qui on confie tout ce qu'on n'aurait jamais pensé confier. La trouille qui prend au ventre quand on pense à l'avenir et à ce qu'on est censé devenir. Les films qui émeuvent tellement qu'on ne peut pas s'empêcher de refouler les larmes en regardant fixement le plafond du cinéma. L'impression, parfois, d'être au fond du trou. Le sentiment de l'inutilité et l'impatience dans les jambes. Les rêves – cette envie puissante de trouver enfin une communauté, de vivre au bord de l'océan dans une grande baraque toujours pleine à craquer de gens qui vont et viennent. La musique, surtout. La musique comme moyen d'expression. La musique pour abolir toutes les frontières et toutes les frustrations. Le solo de guitare qui déchire les entrailles. Les accords qui te plaquent au mur.

Je joue de la guitare depuis cinq ans maintenant. Au début, c'était juste pour pouvoir frimer auprès des copains et puis parce que j'anticipais les soirées autour d'un feu de camp, quand je serai plus vieux – il y en a toujours un qui sort sa guitare, qui commence doucement à créer l'ambiance musicale, et finalement, tout le monde se met à chanter avec lui. Je voulais être ce mec-là. Celui dont on se souvient des années après, parce que "tu sais, c'est lui qui amenait sa gratte". Un jour, mon père avait dit que les filles craquaient systématiquement sur les guitaristes, je n'avais pas réagi mais j'avais gardé l'idée dans un coin de la tête. C'est vrai que c'est simple, avec un instrument. Tout ce que tu ne parviens pas à dire, tu le fais passer à travers les mots d'un autre.

Voilà, au début, c'était pour ça – et puis, petit à petit, ça a changé. J'ai abandonné les jeux vidéo, la consultation quotidienne de Facebook, les parties de *laser game*. J'avais de plus en plus envie de me retrouver dans ma chambre, d'apprendre de nouveaux morceaux, d'en déchiffrer d'autres. C'est là que j'ai commencé à être bon en anglais, mine de rien. Et puis, évidemment, à un moment, j'ai eu envie d'écrire des paroles, d'utiliser mes propres mots. Ce n'était pas facile. J'ai passé des après-midi à trouver le mot exact, la rime qui tue. Parfois, je redescendais de ma chambre les joues en feu et je suis sûr que ma mère pensait que je m'étais masturbé une trentaine de fois. Elle ne savait pas comment réagir. Un jour, elle m'a même proposé de voir un psychologue. Elle s'inquiétait aussi parce que je ne semblais pas avoir d'amis. Que je m'isolais – avec ma guitare, mes dictionnaires, mes partitions et mes livres –, parce que, aussi bizarre que cela puisse paraître, la musique m'a amené à la fiction. J'essayais de trouver dans les romans les vies que je pourrais avoir, plus tard – quand je sortirais de ma cellule d'isolement.

Mathieu est arrivé à ce moment-là – et pendant un an et demi, tout le monde a été content. Ma mère, même si son angoisse s'est légèrement modifiée, parce qu'elle a pensé que j'avais découvert mon homosexualité (je l'ai même entendue une fois se lamenter que, de mon côté, elle ne pourrait pas espérer avoir de petits-enfants) ; mes profs, parce que je suis sorti de ma coquille et que je me suis mis à participer en cours ; Mathieu, parce qu'il pensait avoir découvert son âme frère ; mes nouveaux camarades, parce que j'étais soudain un mec enjoué et drôle. Bref, l'univers tout entier.

L'idée du groupe est venue petit à petit. Mathieu et moi, nous avions les mêmes références musicales, tout semblait facile et évident. Il jouait de la guitare aussi – depuis moins longtemps que moi. Nous avons rêvassé et déliré pas mal, et puis nous nous sommes mis au boulot une fois passés en première. Nous le voulions, finalement, ce groupe. Max nous a rejoints, avec sa batterie. Mathieu a opté pour la basse. Moi, pour l'électrique. Il ne nous manquait plus qu'un chanteur.

Ce serait une chanteuse. Clara.

On n'est pas allés la chercher. Nous, on pensait plutôt à un mec – on n'avait même jamais envisagé de prendre une fille. Naïvement, on pensait que le rock, c'était forcément masculin – et que les quelques contre-exemples étaient des femmes libérées qui nous foutaient les jetons, ou alors des filles qui évoluaient au sein d'un groupe de filles, genre Amazones débridées.

Clara, elle n'est pas du tout comme ça. D'abord, elle est assez timide dans la vie quotidienne. Elle ne fait pas de bruit. Elle ne porte pas de vêtements colorés, elle ne se fringue pas comme un corbeau de malheur non plus, elle n'arbore ni tatouage, ni piercing, ni même maquillage. Dans un mariage, elle passerait pour une cousine éloignée qui serait jolie si elle savait mieux se mettre en valeur. Mademoiselle-Tout-le-Monde.

Du coup, la première fois qu'elle est venue chez Mathieu, pendant qu'on répétait, on ne savait pas trop quoi faire d'elle. On ne voulait pas non plus être trop méchants avec elle parce qu'elle semblait super fragile, avec ses yeux de myope et son mètre soixante-cinq pour cinquante-cinq kilos. En même temps, on voyait bien que ça n'allait pas coller – un petit corps comme ça, ça manquait sûrement de coffre.

Je me souviens de la mère de Mathieu qui rentre dans le garage et qui lance "Il y a une copine qui est venue vous voir", et d'un seul coup, on avait l'impression d'être à l'école primaire avec des gros cartables et notre goûter dans un sac plastique. On a pouffé. Clara est entrée en murmurant un bonjour et, comme on se regardait, Mathieu, Max et moi, elle s'est raclé la gorge puis a ajouté :

— Je crois que vous cherchez quelqu'un pour le chant.

Comme un con, moi, j'étais sur le point de lui demander si elle venait de la part de son frère ou de son petit copain mais, heureusement, Max a eu plus de présence d'esprit. Il s'est levé de derrière sa batterie et est venu lui faire la bise. Il a grommelé :

— On se connaît. Elle est dans ma classe. C'est moi qui lui ai dit, pour le chant.

Il nous a présentés à tour de rôle et elle a légèrement incliné la tête, sans sourire. Un hamster malingre coincé dans une cage. Elle n'osait carrément pas nous regarder dans les yeux. Max lui a demandé si elle voulait boire quelque chose, elle a souri et elle a bien voulu un verre de jus d'orange.

Un ange est passé. Je commençais à me sentir mal pour elle, alors j'ai demandé un peu brusquement ce qu'elle avait envie de chanter. Elle a haussé les épaules.

— Je sais pas. Patti Smith. *Because the Night.*

J'ai pris ça comme une gifle.

Because the Night, c'est un de mes fantasmes. Je l'avais découvert dans la discothèque de mon père, suite à une des émissions auxquelles Franck Ménard participait en tant que juré. Une candidate l'avait interprété. J'avais été soufflé, mais mon père, qui regardait avec moi, avait pris un air dégoûté puis avait dit que, pour chanter un truc aussi puissant que ça, il fallait l'expérience de la vie, des échecs sentimentaux, du désir et qu'à dix-huit ans – l'âge de la candidate –, c'était tout simplement impossible. À dix-huit ans, on était niais. À dix-huit ans, on jouait dans la cour des petits et on n'y connaissait rien. Bref, à dix-huit ans, on ne chantait pas *Because the Night.* Un point c'est tout. Il a des jugements à l'emporte-pièce comme ça, mon père. Mais au fond, il a raison. Cette chanson-là, elle doit être chantée par une femme qui n'est plus une fille et qui sait réveiller les démons. C'est quand j'ai entendu la version originale de Patti Smith que j'ai compris que, non, décidément, à dix-huit ans, on ne pouvait pas chanter *Because the Night*. Un point c'est tout.

Alors à seize ans, c'était totalement déplacé.

C'est ce que j'ai failli rétorquer à Clara quand elle a suggéré ce titre-là, mais Mathieu avait déjà une autre objection.

— On a besoin d'un clavier pour *Because the Night*.

— Pas nécessairement. Je commence a capella et puis vous me rejoignez après. Ou vous ne me rejoignez pas. C'est pas comme si j'étais embauchée. Et c'est pas comme si nous allions la jouer ensemble tous les soirs.

Max a souri, en rougissant un peu, et il a regardé ses pieds. Il m'a raconté plus tard qu'il s'était mordu les lèvres pour ne pas rire de la tête que nous faisions, Mathieu et moi. Des yeux ronds comme des billes et la mâchoire qui tombe. Deux machos en puissance scotchés par une fille qui avait du répondant. Du chien, comme dirait mon père. En tout cas, c'est l'expression qui lui est venue à l'esprit quand plus tard il a entendu Clara chanter. "Elle a du chien, cette fille." J'ai éclaté de rire, parce que je trouvais l'expression ridicule. J'avais tort. C'est ça exactement. Du chien. De l'animal. Un truc qui te prend aux tripes et ne te lâche plus.

Elle n'a pas voulu le micro qu'on lui tendait. Elle n'a pas fait de complexe. Elle n'a pas minaudé. Mais elle n'a regardé aucun de nous trois quand elle a commencé à chanter. Elle fixait le mur au fond du garage, elle était comme hypnotisée. Et nous, tout ce qu'on voulait, tout à coup, c'était être sur ce mur – des victimes consentantes de ses couteaux lancés.

Je ne sais pas si vous avez déjà écouté *Because the Night*. Comme la plupart des morceaux en anglais, si tu ne regardes que les paroles, c'est nul. C'est l'histoire d'une fille qui en a marre d'attendre la nuit et qui crève d'envie que son mec la rejoigne "parce que la nuit appartient aux amants". Bon, c'est vaguement vulgaire, un brin porno – pas le truc que les parents aiment que leurs enfants écoutent. Sauf que, mine de rien, la chanson date de 1975, et que, à cette époque-là, mon père n'était même pas adolescent. Et que celles qui avaient dix-huit ans en 1975 sont en route vers les soixante maintenant – ça calme les ardeurs. Mais c'est ça, la beauté de la musique. T'as une vieille chanson, un texte un peu pourri, des arrangements de base, un garage, un groupe de musiciens approximatifs et d'un seul coup, une fille prend le micro et c'est magique.

C'est ce que ça a été, ce jour-là – magique.

Ni Mathieu ni moi n'avons réussi à jouer. Il n'y a que Max qui l'ait rejointe, Clara. Batterie et voix. J'en ai encore des frissons sur les bras quand j'y pense. Max, lui, il savait. Il l'avait déjà entendue chanter. Il avait eu le temps de se faire à l'idée, et à la voix surtout. Il la regardait en souriant. J'ai cru qu'il était amoureux d'elle. Je me suis complètement gouré. Mais bon. C'est l'année où j'ai appris à ne plus jamais faire confiance à mon instinct. J'ai un instinct pourri. Sinon, je n'en serais pas là, aujourd'hui, à sentir le mal de tête me tenailler pendant qu'autour de moi, ça s'excite de partout à cause de la venue prochaine du pape du rock sur nos terres païennes.

Je la revois bien, cette après-midi-là.

Je l'entends, surtout.

La voix de Clara. Personne ne pourrait le croire quand on croise cette fille qui, dans la vie de tous les jours, peut paraître insignifiante. Elle a un timbre voilé, presque rauque. Une force, une détermination dans le phrasé. Une façon très particulière de faire sonner les mots – comme si elle les murmurait alors qu'ils sortent distincts, et percutants. *Percutant*, c'est l'adjectif qui lui convient. J'ai mis quelque temps à mettre le doigt sur ce mot-là. Quand elle commence à chanter, Clara, il y a un animal inconnu qui vient s'agripper juste en dessous de ton nombril, et puis d'un seul coup, la voix prend de l'ampleur et l'animal vient te griffer le long du torse et dans le cou. C'est tellement bon et tellement violent à la fois que, très vite, tu en as les larmes aux yeux. Voilà, ce jour-là, j'en ai eu les larmes aux yeux. Je suis tombé instantanément amoureux. Mais évidemment, je n'étais pas le seul.

Il y a eu quelques secondes de silence, quand le morceau a été terminé. Je me suis aperçu que mes mains tremblaient. Je ne voulais pas prendre la parole parce que j'avais peur que mes mots ne soient trop plats et que le ton de ma voix ne trahisse mon émotion. Des milliers d'images se télescopaient dans mon esprit. J'imaginais tous les chemins possibles à partir du moment que j'étais en train de vivre. Du plus radieux – un groupe, un vrai, des concerts, du succès, des enregistrements, des tournées –, au plus pourri – Clara qui nous largue au bout de trois mois pour répéter avec des musiciens confirmés et nous, en train de nous morfondre, pour le reste de notre existence.

Jusque-là, la musique n'avait été pour moi qu'une passion et un passe-temps. Une passion, parce que, comme tous ceux de mon âge, j'en avais besoin pour vivre. Je passais des heures entre Internet et mon Ipod, à écouter, télécharger, zapper, comprendre ce qui s'était fait dans les décennies précédentes, anticiper les développements à venir. La musique, ça me permettait de mettre des couleurs dans mon quotidien. Tu prends ton MP3, tu te cales les écouteurs sur les oreilles et soudain, tout prend plus de relief. Ton cœur s'accélère, tes poumons se dilatent, tu entres dans un autre univers. Je sais, c'est nul. Franck Ménard trouverait certainement ce type de réflexion pathétique. Mais j'emmerde Franck Ménard et tous les mecs de cinquante balais qui se permettent d'ironiser sur les jeunes qui découvrent des sensations, en oubliant qu'un jour, ils ont été à leur place.

C'était un passe-temps aussi, je ne le cache pas. Pendant les périodes de solitude, quand je tournais dans le pavillon de mes parents, pour survivre, je prenais la guitare, les partitions et, d'un seul coup, l'ennui s'estompait et l'angoisse retournait dans le placard. Soudain, la vie paraissait pleine. Elle était aussi peuplée de filles qui se pâmaient dès que j'égrenais quelques accords. Dans aucune de mes rêveries, il n'y avait Clara. Parce que jusque-là, je ne savais même pas qu'elle existait, Clara.

Quand elle s'est mise à chanter, elle a bouleversé mon existence – c'est aussi simple que ça. C'était la première fois que je me mettais à envisager la musique comme activité principale, moyen de gagner sa vie, passion et boulot entremêlés – plus du tout un passe-temps, un bouche-trou, une façon de vaincre l'ennui. Mine de rien, ça m'a retourné, parce que, jusqu'à ce moment-là, je ne m'étais jamais pris au sérieux comme musicien, même quand je me mettais à délirer avec Mathieu et que les accords s'enchaînaient avec fluidité.

Elle s'est raclé la gorge et elle a dit :

— Alors ?

Mais Mathieu et moi, on était juste choqués. Stupéfiés – au sens où Harry Potter emploie le Stupefix. Pétrifiés. Max a émis un petit rire. Il est sorti de derrière sa batterie, il a pris Clara par les épaules et il a dit :

— Viens, on va faire un tour, on laisse les managers discuter.

Mais qu'est-ce qu'on pouvait se dire ? On savait exactement ce qu'on devait faire et on savait exactement aussi à quel point cela risquait de nous embrouiller. Le groupe, sans elle, maintenant, ce n'était plus possible. Elle nous hanterait. Et avec elle, on allait droit dans le mur, dans la rivalité amoureuse, dans les conflits – on allait exploser en plein vol. Pourtant, c'est la voie que nous avons choisie, simplement parce qu'il n'y en avait pas d'autre.

Avant qu'ils reviennent, j'ai demandé à Mathieu si Max et Clara étaient ensemble. Il a éclaté de rire.

— Je ne crois pas, non. Il a d'autres chats à fouetter, Max.

— Comment ça ?

— Des chats, Benji. Des chats.

— Je comprends rien.

— Laisse. Max ne s'intéresse pas aux filles.

— Hein ? Mais depuis quand ?

— Depuis toujours, apparemment.

— Merde. Première nouvelle.

— Pour toi.

— Et comment tu sais ça, toi ?

— Parce qu'il a essayé de me draguer.

— Non ? Non !

— Pourquoi ? C'est grave ?

Je n'ai pas répondu. J'ai haussé les épaules. Je me suis rendu compte qu'en fait, j'étais plus vexé que surpris. Vexé que Mathieu soit au courant et pas moi. Vexé surtout que Max ait été attiré par lui et pas par moi – bizarre, hein ? Tu racontes partout que les gays, très peu pour toi, et puis, quand finalement, ils te laissent de côté, ça te chiffonne. J'apprenais des trucs sur moi.

L'année dernière, je n'ai pas arrêté d'apprendre des trucs sur moi.

Cette année aussi, faut pas croire. Mais cette année, j'en apprends dans les notes grises, marron, noires – l'année dernière, j'étais une vraie guirlande électrique. Alors, je me suis électrocuté.

3

— QU'EST-CE QUE TU VAS FAIRE cette après-midi ?

— Je sais pas. J'ai un devoir à finir en histoire. Et puis je vais réviser l'anglais renforcé pour le bac blanc.

— Tu ne veux pas sortir un peu ?

— C'est le monde à l'envers. Normalement, c'est à toi de me dire de rester à la maison pour bosser et c'est à moi de rechigner et de filer par la fenêtre.

— C'est toi qui mets le monde à l'envers. J'aimais mieux comment tu étais l'an dernier.

— Je sais. Moi aussi, j'aimais mieux comment j'étais l'année dernière.

— En plus, j'aimais bien Clara.

— Pareil.

— On n'aura jamais le fin mot de l'histoire, hein ?

— Dans trente ans, quand tu seras dans une maison de retraite, paralysée et presque sourde.

Elle se vexe, ma mère. Elle claque la porte du placard de la cuisine et elle quitte la pièce. C'est vraiment la dernière personne à qui je voudrais parler de tout ça. Ce n'est pas qu'elle ne pourrait pas comprendre, c'est juste que je n'ai pas envie de me sentir nul, encore une fois. Je l'entends téléphoner et monter au premier étage. Elle fait tout le temps ça, quand elle ne veut pas être dérangée.

Je me perds dans la contemplation du jardin sous le soleil froid de février. C'est vrai que je pourrais me bouger les fesses. Prendre le scooter et aller traîner. Ou marcher jusqu'au centre-ville et voir si je rencontre quelqu'un de connu dans les cafés. Rire à toutes les blagues, juste pour être accepté.

Je m'imagine bien – simplement je n'ai pas le courage.

Ma mère entre à nouveau dans la cuisine, elle sourit – c'est assez surprenant pour me troubler et me faire lever le sourcil gauche.

— Mathieu arrive.

— Hein ?

— Il est très content que tu l'aies invité.

— J'y crois pas ! T'as pas le droit de faire ça ! C'est pas tes oignons !

— J'ai rencontré sa mère hier. Il est pareil que toi. Il tourne en rond. Il est insupportable. Nous préférons vous voir heureux ensemble que malheureux séparés.

— Qu'est-ce que tu… ?

— Tu sais, j'ai fait une croix sur les petits-enfants depuis longtemps, Benjamin.

— Maman, je…

— Et puis maintenant, l'homosexualité, ce n'est plus un problème. On ne va pas en faire tout un plat !

— Maman, je ne…

— Enfin, bref, il sera là dans cinq minutes.

— Je me barre.

— Eh bien barre-toi !

Elle sort à nouveau, princière – la tête haute, la moue dédaigneuse. Et dire que je me demande parfois où ma petite sœur a été trouver les mines qu'elle fait. Bon, ce n'est pas tout, je prends ma veste de parka et je me casse.

Je sors par la porte de derrière. Le froid me saisit. La température extérieure doit friser le zéro. J'enfonce mes mains dans mes poches. J'ai oublié mes gants et mon écharpe. Je maudis le monde entier, et ma mère en premier. Je serre les dents. Je relève la tête.

Mathieu est là, de l'autre côté de la grille.

— Tu t'en vas ?

— Oui.

— OK.

Il soupire. Sa bouche se crispe légèrement. Il plisse les yeux. Il fixe un point par-dessus mon épaule. D'un seul coup, je le revois à mes côtés, dans le garage. Nous dialoguions par accords interposés. C'était une communion, une vraie. Et j'emmerde ceux qui ricaneront en lisant ces lignes. Je n'ai pas retrouvé d'ami comme Mathieu. J'ai des potes, des mecs avec lesquels je sors au cinéma ou au bowling, chez qui je suis invité à des soirées – mais ça n'a rien à voir.

Il est sur le point de tourner les talons parce qu'il a compris, mais c'est moi qui fais volte-face.

— Tu veux m'accompagner ?

— Tu vas où ?

— J'en sais rien. Je ne veux pas rester ici. Ma mère est sur mon dos.

— Je sais. La mienne aussi.

— Elle est persuadée que nous devons nous remettre ensemble. Elle croit toujours qu'on a couché, tous les deux.

Mathieu lâche un son – à mi-chemin entre le reniflement et le rire.

— On devrait peut-être.

— Tu m'attires pas. T'es laid.

Là, normalement, il devrait me relancer la balle. C'est comme ça que ça doit se passer, non, quand on retrouve ses marques avec quelqu'un ? On se branche sur le mode de la déconne, on s'envoie des vannes, on ironise et puis on attend que le temps fasse son effet – ou pas. Sauf que Mathieu ne répond rien. Je lui jette un coup d'œil, à la dérobée. Il a les traits tirés. Il est extrêmement pâle. D'un seul coup, j'ai peur qu'il ne s'effondre, là, dans la rue.

— Tu es sûr que ça va ?

— Pas du tout. Je suis… Je suis fatigué. Très fatigué.

— Faut te coucher plus tôt, et dormir la nuit, au lieu de…

— Benjamin, je ne suis pas sur ce mode-là.

— Pardon ?

— C'est fini, tout ça. Les conneries, la rigolade, la mise en boîte. Je ne peux plus. Je ne sais pas comment t'expliquer ça. Je n'ai pas parlé à quelqu'un de mon âge depuis une éternité. Je ne… Je suis venu pour qu'on ait une vraie conversation. Maintenant, je comprends que tu n'en aies pas envie. Dans ce cas-là, je rentre, c'est tout.

Je m'arrête de marcher. À l'intérieur, c'est un vrai maelström d'émotions contradictoires. De la colère – *Mais comment il me parle, lui ?* –, de l'inquiétude – *Putain, il va vraiment très mal* –, de la haine – *C'est toi qui as tout foutu en l'air, tu te rappelles* – et puis aussi une très ancienne tendresse qui me percute de plein fouet.

— Le Galaxie ?

— Le Galaxie.

Et brusquement, je peux la toucher du doigt, l'année dernière.

4

Le Galaxie, c'est là où on se donnait rendez-vous, avec Max, et avec Clara ensuite. Mais au début, il n'y avait que nous deux. Nous, sept heures trente, le bruit des percolateurs, les clients ensommeillés, nos sacs débordant de cahiers à moitié déchirés et de livres en piteux état. Nous, en train de faire écouter à l'autre ce que nous avions trouvé sur la Toile la veille au soir. Nous, essayant de retenir la leçon d'histoire-géo. Nous, jetant un coup d'œil discret aux rares filles qui passaient.

Pendant toute l'année de seconde, nous avons été célibataires à temps partiel. Mathieu assumait parfaitement le côté court de la relation amoureuse adolescente, moi pas du tout. Il avait des histoires brèves qui se finissaient par une sorte de consentement mutuel, moi pas du tout. J'ai du mal à rompre. Et puis, surtout, j'ai du mal à me dire au début d'une relation que ce dont j'ai envie, c'est avant tout d'embrasser, de respirer la peau de l'autre, de la toucher, d'y laisser mon empreinte, de l'enlacer, et plus si affinités.

Alors, j'en fais des tonnes. Je prétends que je suis amoureux, que c'est la femme de ma vie, que notre couple durera des dizaines d'années – un vrai cauchemar, pour tout le monde, y compris celle qui m'écoute. Tout ça, à chaque fois, pour m'apercevoir au bout d'une semaine ou quinze jours que, bof, ça ne prend pas, et qu'honnêtement, je préférerais passer l'après-midi à jouer de la guitare avec Mathieu plutôt que de traîner avec cette fille dont j'ai du mal à retenir le prénom. Je sais. Je suis dégueulasse. Je n'ai jamais prétendu le contraire.

Enfin, tout ça, c'était avant – quand on allait au Galaxie. Entre-temps, il y a eu une tornade et maintenant, je ne reconnais plus rien dans le paysage de mon existence. Je ne reconnais surtout pas le mec qui est en face de moi, en train de tourner la cuillère dans son café depuis vingt minutes – c'est sûr, le café, il n'a jamais été aussi bien touillé. Et en prime, il est froid. Nous avons évité de nous asseoir où nous nous installions l'année dernière – cela aurait été trop bizarre –, et je ne peux pas m'empêcher de jeter un coup d'œil, de temps à autre, à nos fantômes, là-bas.

— Est-ce qu'on est restés amis ?

Nous n'avions pas prononcé une parole depuis que nous étions arrivés – presque une demi-heure maintenant – à part pour commander nos boissons. Alors la question m'a heurté de plein fouet. J'avais plein de réponses toutes prêtes. Elles allaient du plus faux cul – *Mais oui, ami un jour, ami toujours* – au plus cash – *Je crois que nous n'existons plus vraiment l'un pour l'autre* ; je me les étais toutes répétées en imaginant les situations où je pourrais enfin les prononcer. J'y avais passé des heures. Je ne lisais plus avant de m'endormir. Je construisais des scénarios. Dans aucun de ceux-là, il n'y avait en face de moi un Mathieu malade et quasi absent. Dans aucun de ceux-là je n'avais envie de poser ma main sur son épaule et de lui dire : "Ça va aller, Mathieu, ça va aller."

Mon monde est sens dessus dessous, à nouveau. Et à cause de lui, à nouveau. Parfois, je me dis que tout aurait été tellement plus simple si la sorcière espagnole ne nous avait pas déplacés.

J'opte pour la franchise – après tout, je n'ai rien à perdre, j'ai déjà tout perdu.

— Je n'en sais rien. À vrai dire, je ne suis même pas sûr de ce qu'ami veut dire.

— Quelqu'un à qui on raconte tout.

— Et qui sort avec la fille dont tu es amoureux, en faisant exploser tout ce qui te tenait à cœur ?

— Je n'ai rien fait exploser du tout. C'est toi qui t'es éloigné.

— C'était juste insupportable, votre bonheur.

— Tellement insupportable que ça n'a pas tenu.

— Je n'ai pas envie de savoir ce qui s'est passé.

— C'est bien ce que je disais, alors. Nous ne sommes pas restés amis.

Un silence très bruyant à nouveau. Un éclat de rire au comptoir. Un CD qui tourne en sourdine, de la R&B, tout ce que nous détestons. Je pense que nous sommes en train de mettre un point final à notre amitié. Un point d'orgue.

Sauf que Mathieu se met à parler, tout à coup. Il a légèrement tourné la tête. Il regarde les gens qui passent dans la rue, de l'autre côté de la baie vitrée. C'est une après-midi froide. L'hiver n'en finit pas.

— Il s'est passé quelque chose. C'est difficile à raconter. Personne n'est au courant.

Je pourrais sauter sur l'occasion. Lui faire fermer sa gueule. Le renvoyer dans les cordes. Lui répéter que ça ne m'intéresse pas. Mais je ne le fais pas. Parce que je sens sa fragilité. Et que, même si une partie de moi le hait, une autre n'a pas envie de le briser en mille morceaux. Je tourne ma cuillère sept fois dans ma tasse.

— Je… Elle est tombée enceinte.

Il y a eu cette rumeur-là, au lycée. Un ragot au milieu de tant d'autres. J'y ai prêté attention deux secondes, et puis je l'ai écarté. Ce n'étaient plus mes affaires. Ça ne l'est toujours pas. Je n'ai pas envie de les imaginer, enfin, bref… Je me force à rester impassible, tandis que des instantanés quasi pornographiques passent devant mes yeux. Mathieu ne me calcule toujours pas. C'est comme s'il se parlait à lui-même.

— Nous ne savons pas comment c'est arrivé. Je veux dire, nous utilisions… enfin, bon… malgré tout, elle est tombée enceinte. J'étais paniqué, mais pas autant que je le croyais. J'étais prêt à le garder, le môme. Je sais, c'est dingue, mais sur le coup, je n'ai pas envisagé l'avortement. Sûrement parce que je suis un mec. Pour elle, c'était hors de question de le garder. Elle a mis sa mère au courant – mes parents, eux, n'en ont pas entendu parler. Elles ont pris des rendez-vous. Je voulais l'accompagner dans les démarches, mais d'un seul coup, j'étais devenu gênant. La cause de ses tourments. Elle a quand même souhaité que je l'accompagne. C'était super bizarre. J'étais là, devant l'hôpital, avec sa mère. Nous fumions des clopes pendant qu'une partie de nous disparaissait. Je me persuadais que ce n'était pas grave. Que tout allait redevenir comme avant. Elle n'a pas voulu me voir, une fois l'opération terminée. J'ai dit "Bien sûr, je comprends", et je suis rentré chez moi. Je ne me suis jamais senti aussi seul que cette après-midi-là. La seule personne que je voulais voir, c'était toi, mais toi, tu ne pouvais plus me sentir. Quand je suis passé sur la passerelle, au-dessus de la voie de chemin de fer, je te jure que j'étais à deux doigts de sauter. Je sais ce que tu penses. Que je dramatise. Que je suis connu pour ça. Tu sais quoi ? Crois ce que tu veux – je n'en ai rien à battre.

Il se frotte le nez. Il fixe toujours la baie vitrée. Je sais qu'il ne la voit pas. Il fronce les sourcils. Il a les yeux rouges. Merde. Ce n'est pas un putain de cauchemar. C'est vrai, tout ce qu'il raconte.

— Je devinais déjà qu'elle ne voudrait pas me revoir. Jamais. Mais j'ai attendu quand même. Le lendemain, le surlendemain, toute la semaine suivante, tout le mois, et tu sais quoi ? J'attends encore. Je me repasse tous les instants d'avant, je les connais par cœur : quand elle m'a annoncé qu'elle n'avait pas ses règles, quand nous nous sommes promenés ensemble ce soir-là, que je lui donnais la main, et que c'était la plus grande confusion à l'intérieur, entre la panique et la fierté d'avoir réussi ça, qu'on ait un enfant ensemble. Je sais, c'est idiot.

Je les vois, les deux gouttes d'eau qui perlent dans ses cils. Elles me bouleversent. Je me rends compte que mes mains tremblent et que, quand je déglutis, cela me fait mal.

D'un seul coup, je suis debout. Je lance d'une voix rauque :

— Viens, on sort !

Je paie et il me suit. Le froid que j'ai détesté tout à l'heure est maintenant le bienvenu. Il nous gifle les yeux. Il peut pleurer. Les gens croiront que c'est à cause du vent du nord.

Nous sommes assis sur un banc, dans un jardin d'enfants. Il y a deux toboggans, des constructions en bois imitant un bateau, des balançoires en forme de cheval et de dauphin. Le soir tombe. Les voitures passent le long de l'avenue. Personne ne fait attention à nous. Mathieu a continué. Il a parlé de ses coups de téléphone, en vain – elle a changé de numéro. Et puis sa mère a appelé pour parler à Mathieu, longtemps, doucement. Pour lui expliquer que ce n'était pas la peine d'insister ; que, parfois, il n'y avait pas de retour en arrière, qu'il fallait laisser passer du temps et faire en sorte que tout cela cicatrise. Elle a ajouté qu'elle se doutait que ce n'était pas facile pour lui non plus. Elle a dit : “Mathieu, vous vous débattez avec des problèmes d'adultes, alors que vous n'avez aucun recul. Faites attention à vous." J'ai déjà rencontré la mère de Clara. C'est une femme géniale. Les chiens ne font pas des chats.

Mathieu frissonne. Il a froid. Il se lève, passe les paumes de ses mains sur son jean et brusquement, il éclate en sanglots. Il est là, plié en deux, devant le toboggan bleu. C'est la première fois que je le vois dans cet état. Je fais ce que je m'étais promis de ne jamais faire. Je le prends dans mes bras. Sa tête contre ma poitrine. Je le berce. Et tandis que je le berce, les détails de la scène prennent soudain de l'intensité. Le bruit de l'autobus qui s'arrête sur la place de la Libération. Deux femmes qui discutent sur le trottoir un peu plus loin. Les tonalités de gris et de blanc qui émaillent le décor. Le mégot de Mathieu qui fume encore à côté de mon pied gauche. Je sais que, même dans vingt ans, même dans quarante ans, je me souviendrai de tout.

— Mathieu ?

— Oui ?

— Si ma mère nous voit, ça va confirmer ses pires soupçons.

Un reniflement qui ressemble à un rire. J'ai réussi à le dérider. Un pied en dehors du drame. Un autre. Nous irons lentement. Il y retournera plusieurs fois. Mais cette fois, je serai là pour l'épauler. Il me reste une question. Et tant pis si elle nous fait reculer de trois cases.

— Tu as eu de ses nouvelles, depuis ?

— Je l'ai vue, une fois, de loin. Elle a beaucoup maigri.

— Je ne vois pas comment c'est possible.

— Je te jure. Et puis… elle m'a écrit un mot, aussi. Très court. Elle disait que je ne devais pas m'en vouloir. Qu'un jour, nous ne garderions que les bons souvenirs. Elle parlait de toi, aussi.

J'ai du mal à cacher l'émotion qui me saisit. Je me souviens de sa main dans la mienne, tandis que je l'aidais à traverser la rivière. C'était en avril, l'année dernière. J'ai l'impression que c'était il y a un siècle. Je revois aussi son long manteau jaune et mauve, avec des inscriptions indiennes – du sanscrit, c'est elle qui me l'avait appris. Du regard que nous avons échangé quand nous sommes tombés sur l'herbe, l'un à côté de l'autre, sur la berge opposée. Elle savait que je la désirais. Elle ne pouvait pas ne pas le savoir. Mais ce n'est pas moi qu'elle a choisi.

— Tu ne veux pas savoir ce qu'elle disait de toi ?

— Que j'étais un super beau gosse, trop intelligent, trop cool et surtout trop drôle, et qu'elle était vraiment très conne de t'avoir préféré à moi.

— Elle espérait que tu allais bien. Elle regrettait de nous avoir séparés.

— Gentil de sa part.

— Tu en as chié ?

— À ton avis ?

— Je suis désolé.

— Il y a même un jour où je suis passé sur la passerelle, au-dessus de la voie de chemin de fer, je te jure que j'étais à deux doigts de sauter.

— Connard.

— C'est celui qui dit qui y est.

Il m'envoie un coup de poing que j'esquive. Je lui fonce dedans, tête baissée. Nous tombons sur l'herbe du jardin d'enfants. Nous sommes réconciliés. Il ne peut pas savoir. Il ne saura jamais.

Il ne saura jamais que c'est vrai. J'ai traîné pendant des semaines cette sensation d'inutilité et de désastre absolu. C'était la première fois que j'étais aussi malheureux, que j'avais l'impression de couler sans atteindre un fond quelconque. Ils me manquaient, tous les deux. Eux, et la musique.

Le mois de juillet commençait. Le groupe avait explosé en vol. Nous nous étions lancés des phrases définitives. J'avais claqué la porte du garage en leur souhaitant tout le malheur du monde. J'étais seul. J'étais tout seul. C'est à ce moment-là que je me suis rendu compte que Mathieu et moi, nous avions fait le vide autour de nous. Certains duos attirent les autres. Celui que nous formions les excluait. Max a bien essayé de venir me parler quelquefois, mais je restais silencieux. Je ne lui en voulais pas, évidemment. Mais j'avais peur de me mettre à dérailler ou à chialer comme un con si j'articulais plus de trois phrases. Quand notre séparation a été connue, j'ai reçu quelques invitations, mais je les ai déclinées. Je n'avais pas envie de la pitié de gens que je fréquentais à peine et je m'étais juré, malgré tout, de ne pas dire du mal de Clara et Mathieu. J'étais convaincu qu'ils souffraient tout autant que moi – et que tout ça, obscurément, finirait par s'arranger.

Et puis le 8 juillet, je traînais vers le skate-park en essayant de me souvenir de comment c'était, quand j'avais douze ans et que j'attendais toute la semaine d'aller exécuter des figures sur ma planche à roulettes, quand je les ai vus. J'étais de l'autre côté de la rue. Instinctivement, je me suis caché derrière un arbre. Je me suis senti idiot – mais je ne pouvais plus faire un geste. Je les ai regardés passer et s'éloigner, son bras à lui sur sa taille à elle. À un moment, il lui a glissé quelque chose à l'oreille et elle a éclaté de rire.

C'était atroce. Je ne suis pas allé jusqu'au skatepark, finalement. Je suis rentré chez moi, la tête baissée. Et pour rentrer chez moi, il faut monter sur la passerelle qui surplombe la voie ferrée. J'avais le souffle court. J'y ai pensé. J'y ai vraiment pensé. Qu'est-ce que ça pouvait bien me faire de mourir écrasé par un train ? Que du bien. Au moins, les questions se tairaient, les gouffres se fermeraient, le monde serait calme puisqu'il ne serait plus. Voilà. C'était sans doute la meilleure solution. D'autant qu'ils se sentiraient tellement coupables que leur relation n'y survivrait pas – mais je n'en avais rien à cirer puisque je ne serais pas là pour le voir.

J'ai hésité pendant presque une demi-heure. Penché au-dessus de la rambarde, le bas du corps sur le trottoir et le haut du corps en apesanteur. Finalement, un orage a éclaté, il s'est mis à pleuvoir, j'ai eu froid – c'était fini. Parfois, la vie tient à un fil.

Nous rentrons en nous donnant des bourrades dans les côtes. Nous chantons fort aussi. À un moment, Mathieu s'arrête et lance :

— Il faut que nous remontions le groupe, Benji.

— Sans Clara, c'est mission impossible.

— Au début, elle n'était pas là.

— Au début, c'était nul.

— Eh ben, c'est pas grave. On sera un groupe de nuls.

— Tu as des nouvelles de Max ?

— Il n'attend que ça.

— On pourrait prendre Clément. On s'appellerait les Top Naze.

— On mettrait un chapeau, on se composerait une gueule livide et on singerait Pete Doherty.

— On caserait "énorme" à toutes les fins de phrases.

— Tout en sortant avec une anorexique.

— On arrêterait de faire des reprises et on composerait nos propres chansons.

— Ça, on peut le faire.

— Franck Ménard va être très impressionné.

— Tu y pensais aussi ?

— À quoi ?

— À la venue de Ménard.

— C'est bien pour ça que tu es venu me chercher, non ?

— Connard.

— Pas mieux.

Je n'ai pas dormi de la nuit. Ménard venait dans huit semaines. Au mieux, nous serions lamentables. Le lendemain, j'ai retrouvé Mathieu au CDI. Sa classe et la mienne, nous avions une heure de pause en commun. Je lui ai glissé qu'on ne pouvait plus s'appeler les Frontlights maintenant que la lumière était partie.

Il a froncé les sourcils.

— Black Nights, alors ?

— Pourri. Abandonne l'anglais, c'est pourri.

— Je ne sais pas. Les Revenants ?

— T'as toujours été doué pour les noms, toi.

— Et toi pour les paroles. J'ai des accords, une mélodie. Je te les envoie par fichier son. Tu mets les paroles dessus.

— Et puis quoi, encore ?

— Et puis rien.

Francis a gueulé un coup.

— Ah non, ça ne va pas recommencer comme l'an dernier, Mathieu et Benjamin !

Qu'est-ce qu'on pourrait lui expliquer ? Que si, justement – alors que pourtant, tout est différent ?

Sur une page de classeur, j'écris "Les Revenants". Des revenants – c'est ce que nous sommes. À dix-sept ans, bientôt dix-huit. Je me demande bien à quoi on ressemblera à quarante. À côté, j'écris Frontlights et je raye le nom consciencieusement. Je voudrais n'en ressentir aucun pincement au cœur – mais ce n'est pas le cas.

5

C'est Mathieu qui avait trouvé le nom. Nous étions dans son garage, pour la énième répétition. Nous faisions une pause. Max a dit qu'il trouvait que nous étions prêts.

— Prêts à quoi ?

— À faire des concerts. C'est bien ça, le but, non ? On n'est pas là juste pour se regarder jouer, il me semble ? On va aller se produire dans des bars, des salles pourries, à la Fête de la musique – enfin, moi, c'est comme ça que je perçois le truc.

— Arrête. On est des nazes. Jamais personne ne nous laissera jouer quelque part, ai-je répliqué.

— Le patron du pub du centre ville est intéressé.

— Hein ? Le mec du Mc Guire ?

— Parfaitement !

— Mais comment il nous connaît ?

— La semaine dernière, je nous ai enregistrés sur mon Iphone.

— Putain, Max, mais…

— Mais quoi ?

Mais quoi, en fait ?

Clara était rouge comme une écrevisse. Elle a bu une grande rasade d'eau minérale. Mathieu était tétanisé. Je n'étais pas mieux – mais j'ai réussi à prendre la parole.

— Ce que veut dire Mathieu, c'est que nous avons les jetons.

— Évidemment. Mais la peur, c'est de l'adrénaline. Et l'adrénaline, c'est ce qui fait vibrer la musique, non ? Non ?

Qu'est-ce qu'on pouvait répondre à ça ? J'étais terrorisé, mais au fond de moi, j'exultais. L'un de mes rêves, peut-être le plus ancré, le plus ancien, était en train de prendre forme. C'est flippant, un rêve qui se réalise – pourtant, c'est ce que tout le monde cherche, toute sa vie. J'ai timidement demandé à Max s'il pensait qu'on avait assez de morceaux.

— On en connaît une douzaine, si on inclut *Because the Night*. Pour un début, ce sera suffisant.

— Mais il n'y en a aucun de nous !

— Tant mieux ! Il n'y a rien de pire que des morceaux que les gens ne connaissent pas, dans un concert. Surtout quand ils sont nettement inférieurs aux reprises.

— T'as déjà bien réfléchi à tout ça, pas vrai ?

— J'ai envie de jouer devant un public, moi ! Je ne suis pas comme vous, les mecs. Vous, vous avez votre guitare, vous êtes devant, même pendant les répétitions – et Clara, elle est dans la lumière, aussi. Moi, je suis derrière ma batterie, et personne ne me calcule. Au moins, sur scène, il y aura des gens que j'intéresserai.

— Les filles ne s'intéressent pas aux batteurs.
— Ça tombe bien.

Et il a commencé à rire. Clara aussi. Mathieu et moi les avons suivis pour cinq minutes d'hilarité générale. C'est à ce moment-là que nous sommes devenus un vrai groupe.

Quand il a recouvré son sérieux, Max a ajouté que ce qui n'allait pas du tout, en revanche, c'est qu'on n'avait pas de nom – et qui dit pas de nom, dit pas de concerts.

Alors, on a cherché des noms – exactement comme ma cousine et son mari qui passent des heures sur le canapé à se prendre le chou pour le prénom de leur futur bébé. On a essayé la dérision – Lézard Ménager, Les P'tits Cons, Les Supranazes –, le sérieux – Les Étudiants, Souffre et Potasse. Nous lancions les propositions, mais elles retombaient toutes à nos pieds. On est passé à l'anglais, mais c'était trop bizarre, c'était comme si on entrait dans les costumes de quelqu'un d'autre – jusqu'à ce que Clara propose Frontlights. Les trois mecs, on s'est regardés en haussant les sourcils.

— Ça veut dire quoi, Frontlights ?
— Je sais pas. C'est un truc qu'il y a sur la notice taïwanaise de mon ordinateur. Je trouvais que c'était joli.
— Un truc d'informatique.
— Mais joli. Une lumière frontale. Un projecteur qui t'éclaire quand tu joues sur scène. Tu en sens la chaleur et elle t'attire.

— T’es en quoi comme section, toi, déjà ?
— L.
— Ah ! D’accord.
— Quoi, d’accord ?
— Non, rien. Je me comprends.

Et ça a dérivé sur une énième dispute à propos de la supériorité d’une série sur une autre, avec des vannes lourdes et répétitives. En attendant, on en avait un, de nom.

La lumière, je la sens maintenant, mais dans mon dos.

C’est l’année dernière qui plonge mon présent dans le noir – c’est la chaleur qui a disparu, la vie qui s’est retirée –, elle est encore présente, mais elle me fuit.

Enfin, elle me fuyait. Jusqu’à hier. Jusqu’à ce que la lumière du fond nous transforme en Revenants.

6

C'ÉTAIT ÉTRANGE. TOUT ÉTAIT ÉTRANGE.

Nous avions donné rendez-vous à Max à seize heures. Nous voulions déjà nous retrouver, Mathieu et moi, avant d'ajouter un nouvel élément à l'alchimie ancienne. Les parents de Mathieu étaient partis à Paris avec sa sœur, nous avions le pavillon pour nous. Nous sommes descendus au garage, mais ça nous a intimidés, tout à coup. L'ombre de Clara, sans doute – et l'impression de revenir sur nos pas. Alors, nous sommes remontés dans la chambre de Mathieu. Presque rien n'avait changé depuis la dernière fois que j'y étais entré. Toujours le même poster de Rammstein. Des tickets de concerts d'un peu partout, punaisés aux murs. Je me suis mis à jouer au jeu des sept erreurs – entre le dessin mental que j'en avais et la réalité, quelles étaient les modifications ? Mathieu s'est assis sur le lit et moi sur la chaise de son bureau. Il n'avait d'yeux que pour sa guitare.

Il a attaqué d'emblée, un riff répétitif et hypnotique. Deux cordes plus un accord. Je me demandais ce qu'il fabriquait et, en même temps, j'entendais bien ce qui se tramait derrière.

La mise en place d'un thème que je devais rejoindre, et doubler avec ma propre guitare. Et ensuite, nous aurions besoin de Max. Max pour faire exploser le tout. J'étais scié. C'était la première fois que je sentais physiquement le développement d'un morceau dans mes doigts – et que je l'imaginais. Je voyais même le numéro des accords sur la partition. J'ai relevé la tête. Mathieu me fixait, tout en continuant son riff fascinant. Il m'a posé une question muette. J'ai acquiescé. Il a simplement dit que ce son-là, il l'avait en tête depuis des mois. Il n'aurait pas cru que j'accepterais de l'accompagner. Il s'est repris :

— Non. Accompagner, ce n'est pas le mot, mais je ne trouve pas le mot.

— Hanter ?

— Hein ?

— Pour des Revenants, c'est normal de hanter.

— Je ne pense pas que tu me hantes.

— Attends, c'est parce que ce n'est que le début.

Nous avons explosé.

Quand Max est arrivé, nous étions déjà rouges et les doigts presque en sang. Nous avions la mise en place. Nous en étions ahuris. Max a pris les différents papiers, il a eu un temps d'arrêt et puis il a dit :

— Mais il n'existe pas, ce morceau !

— Ben si, puisque tu l'as dans les mains.

— Fais pas le malin, toi. Qui est-ce qui l'a composé ?

— Les Revenants ?

— Les quoi ?

— C'est nous, Max. Mathieu, toi et moi. Nous sommes Les Revenants.

— Ah. OK.

Il est comme ça, Max. Il prend les choses comme elles viennent. Il ne donne pas son avis. Il observe. Ce qui ne l'empêche jamais de penser et d'agir. Après la deuxième reprise, un morceau des Strokes, il a souri et il a simplement dit : "Je suis content d'être là" – et ça résumait tout. Nous étions de retour. Exsangues, convalescents, mais de retour.

Quand nous sommes sortis du garage, il faisait nuit, nous étions ivres de sons et épuisés comme si nous avions couru un marathon. Max a expliqué à Mathieu qu'il avait bien reçu le fichier son de ses compositions, qu'il avait quelques idées pour enrichir ou développer certains thèmes, si ça ne l'embêtait pas qu'il s'en mêle. Mathieu a répondu bien sûr, au contraire, pas de problème et puis il s'est retourné vers moi et il m'a demandé où j'en étais, avec les paroles.

Putain, les paroles.

J'avais complètement zappé que c'était à moi de m'y coller. Enfin, ce n'est pas tout à fait vrai. Je savais que je devais m'y mettre mais je me comportais comme avec mes disserts de philo – je repousse jusqu'au dernier moment. Un des derniers groupes que j'ai rejoints sur Facebook s'intitule "J'ai un problème de motivation jusqu'à ce que j'aie un problème de temps". C'est exactement moi. Encore que, là, je sentais que c'était différent. Les accords qu'avait trouvés Mathieu et les mélodies qu'il avait imaginées plaçaient la barre assez haut. Je n'avais pas le droit de me planter. Et je devinais bien que j'allais devoir plonger à l'intérieur de moi, me soulever les tripes à coups de souvenirs désagréables et amers, pour pouvoir écrire un truc à peu près potable. Et là, tout de suite, je n'avais pas trop envie de me soulever les tripes à coups de souvenirs désagréables et amers. J'avais plutôt envie de me laisser porter par la douceur retrouvée. J'avais à nouveau un ami. J'avais à nouveau un groupe. J'avais à nouveau la musique. Les filles, ça reviendrait. Ce n'était pas grave. J'avais déjà vécu et perdu mon premier amour, sans l'avoir jamais consommé, alors, pour l'instant, j'étais hors d'atteinte.

7

Je me souviens de tout.

Ça m'arrangerait de ne me souvenir de rien. Je me demande si, un jour, j'aurai tout oublié. Les détails, les postures, les mots. S'il ne restera qu'une impression vague, un truc genre : "Ah ouais, c'était bien, cette période-là."

Une fois la première surprise passée, Clara est devenue une figure familière. Je ne me suis pas rendu compte tout de suite de l'importance qu'elle prenait dans ma vie, en dehors de la musique. Nous avions conclu un pacte, Mathieu et moi. Nous savions que nous étions tous les deux tombés sous son charme. Nous savions aussi que si nous nous laissions aller et que nous devenions rivaux, alors tout partait à la décharge, le groupe, l'amitié, la confiance. Ce qui nous sauvait, c'était que Clara n'était pas un objet, et qu'elle n'était pas dans la séduction. Elle disait qu'elle sortait d'une histoire compliquée et qu'elle n'avait plus envie de se prendre la tête. Elle n'avait pas non plus envie de se jeter à la tête du premier venu, ni de foutre la merde où elle passait. Elle traçait sa vie en essayant de se sentir bien, sans marcher sur les autres. Évidemment, ça la rendait encore plus désirable.

Pendant un temps, tout a roulé. Nous nous croisions au lycée, nous nous saluions, mais nous ne traînions pas ensemble. Comme nous n'étions pas dans la même classe, c'était plus facile. Je sortais avec cette fille qui s'appelait Mathilde. Je me figurais que c'était sérieux. Elle aussi. Nous jouions très bien la comédie. Mathieu était célibataire depuis un moment, et il n'avait aucune intention immédiate de changer de statut. Le couple, pour lui, c'était l'angoisse. Ses parents ne s'entendaient plus du tout et passaient une partie de leurs soirées à se hurler dessus – au point que Mathieu s'échappait souvent pour venir chez moi, ou se barricadait dans sa chambre en attendant que l'orage passe.

La première fois où j'ai détecté un changement en moi, c'est quand nous nous sommes retrouvés à l'arrêt de bus, tous les deux. Mon scooter était en panne, mes parents ne pouvaient pas venir me chercher. Il venait de pleuvoir, mais le ciel, à l'horizon, était dégagé. Le soleil faisait tourner à l'orange les nuages qui se dispersaient. Elle regardait le spectacle, une main en visière. Je l'ai aperçue au moment de traverser la rue et j'ai totalement oublié que le petit bonhomme était au rouge. Une voiture a freiné brutalement pour s'arrêter à quelques centimètres de moi. Je me suis fait copieusement insulter par le conducteur. Clara souriait. Elle m'a demandé ce que je fabriquais. J'ai répondu qu'elle m'avait ébloui. Elle s'est mise à rire, en secouant la tête.

Curieusement, nous n'avons pas parlé de musique. Nous avons déliré sur les profs, les contrôles, la vie quotidienne au lycée. Elle m'a raconté la tête de sa mère avant d'aller à la réunion parents-profs – elle déteste ce genre de rendez-vous obligatoire. Je ne sais pas pourquoi, je me suis mis à parler de mes parents, du fait que, dernièrement, je ne parvenais plus à leur parler et que leur vie me paraissait tellement petite par rapport à ce qu'ils auraient pu en faire – par rapport à ce que moi, je voulais faire de la mienne.

— Et tu veux en faire quoi, de la tienne ?

— Je sais pas. Un chef-d'œuvre ? Non, je déconne.

— Ne sois pas trop dur avec eux. Si ça se trouve, à notre âge, ils avaient les mêmes rêves.

— Et ils ne les ont pas atteints ? Arrête, c'est trop déprimant.

— Ça doit changer, les rêves, non ? Peut-être qu'après, tu aspires simplement à vivre au calme, auprès des gens que tu aimes. L'amour, c'est joli, comme raison de vivre, non ? Ça peut même être plus joli qu'un chef-d'œuvre.

Elle me parlait sans me regarder. Elle fixait le mur, de l'autre côté de la rue. Un mur de briques, avec des affiches pour les élections régionales qui venaient d'avoir lieu. Nous sommes allés nous promener près du déversoir. Je l'ai aidée à traverser la rivière en passant sur les blocs de pierre déposés au milieu du gué. Elle a dérapé sur le dernier. Je l'ai prise dans mes bras pour empêcher sa chute. Nous sommes tombés dans l'herbe, sur la berge. C'est là que j'ai ressenti le pincement – douloureux, magnifique. Je me suis maudit. Je me suis promis de ne pas tomber dans le piège. Je n'y suis pas arrivé. Aucun d'entre nous n'y est arrivé. Pendant longtemps, après, je me suis complu dans la douleur. J'ai geint que c'était injuste, parce que c'était de Mathieu qu'elle était tombée amoureuse et que moi, je me retrouvais comme un con. Aujourd'hui, je ne sais plus.

C'est sur tout ça que je dois écrire – je le sais. Il y a de quoi faire un double CD – tous les sentiments qui m'ont secoué, tout ce qui m'a bouleversé, toutes les pensées qui m'ont assailli pendant cette période-là. Un matériel extraordinaire. Simplement, je ne suis pas sûr d'être à la hauteur. Et je ne sais pas si j'ai envie de refaire un tour dans les abîmes qui se sont ouverts, l'année dernière.

Les abîmes.

La passerelle. Le vide. Un funambule.

Voilà – c'est de là qu'il faut partir.

8

TROIS HEURES PLUS TARD.

Je reviens à la surface brutalement. C'est comme un réveil en sursaut. Je n'en reviens pas.

Je regarde le texte qui est sous mes yeux. C'est tout sauf une chanson. Trois pages, presque quatre. Est-ce que c'est ça qu'on appelle une nouvelle ? Est-ce que c'est seulement bon ? Aucune idée. Ça raconte – enfin, *je* raconte, mais c'est difficile de dire “je”, je me sens intimidé, je n'ose pas dire que c'est moi qui ai pondu ces lignes – l'histoire d'un mec amoureux d'une funambule. Une fille aérienne, qui étouffe dans sa vie quotidienne et qui, jour après jour, pose son filin un peu plus haut. Et l'autre crétin d'amoureux transi, en bas, qui n'arrive pas à lui dire “Descends, j'ai peur que tu tombes”, et qui se contente de la regarder, les bras ballants. Jusqu'à ce qu'une fois, effectivement, elle tombe. Et quand elle tombe, sèchement, c'est toute la jeunesse qui s'écroule.

C'est débile.

C'est juste débile.

Je devrais tout effacer, faire comme si ça n'avait jamais existé. Je n'ai aucun talent. Je devrais plutôt griffonner deux couplets sur des conneries, genre "j'ai envie de toi, quand vas-tu te donner à moi ?". Ou plutôt, je devrais apprendre mes cartes, en histoire-géo, le bac, on ne va pas me le donner, il faut que je m'y mette sérieusement.

Voilà, j'ai fait un truc complètement insensé – et maintenant, je me sens mal. Je m'en veux. Je ne sais plus où me foutre. J'ai passé au vieux Francis le texte que j'ai écrit hier soir. Ce matin, en me réveillant, c'était comme une évidence : je ne peux pas en parler à mes parents. Je ne m'imagine pas soumettre ça à Mathieu. Encore moins à Max. Et certainement pas à mon prof de français, il me rirait au nez en me disant que pour être Maupassant, j'ai encore du boulot. Le seul adulte en qui j'ai un peu confiance, c'est le vieux Francis du CDI.

Jusqu'à il y a peu, ça me semblait une bonne idée – à l'heure qu'il est, je trouve seulement que c'est la pire intuition que j'aie jamais eue, et question mauvaise intuition, je m'y connais. C'est une seconde nature chez moi. Du coup, en cours de philo, je n'écoute rien de ce que raconte la mère Grandion, je voudrais simplement pouvoir rentrer chez moi, me cacher sous la couette, m'endormir et mourir dans mon sommeil. Ma voisine me glisse : "T'as une tête d'enterrement. Qu'est-ce qui se passe ?" Je hausse les épaules. Je ne veux pas répondre. Je pars dans mes pensées. C'est dommage que je sois aussi dépourvu de talent, parce que j'étais bien, hier soir, quand j'écrivais. Comme quand tu marches longtemps dans la montagne et qu'au bout d'un moment, tu n'entends plus que le vent, le bruit de tes chaussures et ta respiration, calme et régulière.

Je l'ai repéré tout de suite dans la file de la cantine, Francis. J'ai tout fait pour l'éviter, mais je n'avais aucune échappatoire. Il s'est détaché du groupe de profs avec lequel il était et il m'a dit :

— Je finis de déjeuner dans une demi-heure. On se retrouve à la petite grille.

Il ne m'a pas donné le temps de protester. Autour de moi, il y a eu quelques sourcils levés mais pas de commentaires.

Nous nous sommes mis sur un banc, un peu à l'écart. C'était bizarre de voir Francis en dehors de son CDI. Le documentaliste, c'est un peu comme les maîtresses en primaire, t'as toujours l'impression qu'ils passent la nuit sur leur lieu de travail. Je n'osais pas le regarder. Nous sommes restés silencieux quelques instants et puis il s'est raclé la gorge et s'est lancé. Il a dit qu'il avait trouvé ça bien. Mieux que bien, même. Qu'il n'aurait pas été capable d'écrire des trucs pareils à mon âge, mais bon, à mon âge, il était un petit con. Il trouvait qu'il y avait de l'originalité, de la sensibilité, et surtout, du style – et le style, a-t-il ajouté, c'est très rare si jeune, et ça se reconnaît. Est-ce que quelqu'un d'autre l'avait lu ? J'ai secoué la tête. Il a hoché la sienne.

— C'est une sacrée responsabilité pour moi.

— Je voulais pas te… enfin… vous déranger.

— Ça ne me dérange pas. Tu as écrit d'autres textes ? Des nouvelles ? Un roman ?

Je n'ai pas pu m'empêcher de rire – un rire qui sonnait bizarre à mes propres oreilles – il y avait dedans des relents de mépris. Je me suis rendu compte à quel point je me prenais pour le dernier des crétins.

— Non. Je…

Je ne suis pas parvenu à terminer ma phrase. J'ai fait un geste avec la main qui voulait dire que cela n'avait pas beaucoup d'importance.

— Tu devrais.

— En attendant, c'est des paroles de chanson qu'il faudrait que je compose, au lieu de m'épancher comme ça.

— Des paroles de chanson ?

— Oui. Mathieu veut que nous présentions un morceau à Franck Ménard quand il viendra.

— Ah ! Excellente nouvelle ! Les Frontlights sont de retour ?

— Sauf qu'il n'y a plus de chanteuse. Du coup, on s'appelle Les Revenants maintenant.

— Pas mal. Et vous voulez jouer un truc perso ?

— Si on peut, oui. Ça changera des reprises. Le problème, c'est qu'on a la musique, mais pas de paroles.

— Dans ce que tu as écrit là, il y a de quoi en faire trois, au moins.

— Et moi, j'en vois pas une seule.

— Des paroles, c'est comme des pépites. Faut aller les chercher dans la boue et dans le sable. Faut les extraire de la gangue.

— Eh ben, on n'est pas rendus !

— Tu veux que je t'aide ?

Je l'ai regardé en coin. Je croyais qu'il se moquait de moi, mais il avait l'air sérieux comme un pape. Je n'en revenais pas. J'ai bredouillé un "oui". Il a posé ses mains sur ses cuisses et il a glissé :

— OK, alors, après la dernière heure, une fois le CDI fermé.

Je suis un peu nerveux. Je suis à côté du vieux Francis. Je me rends compte que je ne le connais pas plus que ça. Je ne me souviens pas de la première fois où nous nous sommes adressé la parole. Ce devait être quand j'étais en seconde – j'ai toujours beaucoup traîné au CDI. C'est un endroit que j'aime bien. Il y règne une atmosphère particulière – détendue et calme tout à la fois. On n'a pas l'impression d'être sous surveillance. Et puis il y a les livres, les ordinateurs. C'est comme un grand salon. Ah si, je me rappelle. J'avais emprunté un roman qui était sur le présentoir et qui s'appelait *Dans les rapides*. L'histoire d'une fille qui découvre le rock dans les années 1980. Francis l'avait lu. Il avait adoré. De fil en aiguille, nous avons parlé de musique. L'année dernière, il est venu à un des concerts des Frontlights. Il n'a jamais fait de commentaires. C'est pour ça que je suis surpris. Francis, mine de rien, sous ses airs de vieux renard narquois, c'est quelqu'un qui se tait et qui écoute. Ça m'impressionne. Ça m'intimide. Et puis, ce n'est pas comme si j'avais l'habitude de traîner avec des adultes. La dernière fois que je me suis retrouvé seul avec un adulte qui ne soit pas mes parents, ça doit être quand je suis parti en vacances en Bretagne, chez mon oncle et ma tante, il y a trois ans.

— De quoi tu parles, dans ces textes ?

— Ben, tu les as lus, Francis, tu...

— Réponds à ma question.

Je glousse. Un tic d'agacement sur la joue de Francis. Il fronce les sourcils.

— Écoute, mon petit père, je n'ai pas tellement de temps à perdre, moi, j'ai une femme qui m'attend à la maison, je devrais déjà être rentré, alors tu joues le jeu ou tu te casses.

Je suis scié. C'est la première fois que Francis me parle sur ce ton. J'entrevois soudain un tout autre personnage. Quelqu'un qui pourrait bien être à la tête d'un magazine de musique, ou juré dans une émission de télé. Quelqu'un qui ne fait pas de concessions.

— Je... Du fait que j'étais tout seul alors que les autres étaient en couple.

— Qui c'est, les autres ?

— Mathieu et Clara.

— C'est-à-dire ?

— Comment ça, c'est-à-dire ?

— Ils étaient qui, pour toi ?

— Mon meilleur ami et la fille dont j'étais amoureux.

— Comment tu l'as ressenti ?

— Comme une trahison.

— T'es sûr ? Ce n'est pas ce que j'ai lu.

— Disons que… Je comprenais… Je les comprenais… Mais c'est dur d'être celui qui n'est pas choisi.

— OK. Bon point. Bon titre. *Celui qui n'est pas choisi.*

— Hein ?

— Laisse tomber. On continue. Précise tes sentiments. Quand tu les voyais.

— J'avais l'impression que le monde s'écroulait autour de moi.

— Métaphore de merde. Hyper rabâché, tu peux faire mieux que ça.

— C'était comme du plomb, partout dans les veines. J'aurais pu me transformer en balle de revolver, et je serais rentré en eux. Je serais mort en les faisant saigner.

— C'est mieux.

— Arrête, ça me fout les jetons.

— La musique, quand c'est bien fait, ça fout toujours les jetons. Sinon, c'est de la variet', de la soupe qu'on entend sur les bandes FM – je ne dis pas que c'est nul, je dis juste que ça ne m'intéresse pas. OK. Donc, tu es une balle de revolver et tu te diriges vers eux.

— Sauf que je ne leur veux pas de mal au fond. Je préférerais me retourner contre moi-même. J'ai qu'une envie, c'est disparaître. Me réincarner ailleurs. Plus une trace de passé dans ma mémoire. Sauf que je sais que c'est impossible.

Je me rends compte que mes mains se sont mises à trembler. Francis se lève et va me chercher une tasse de café. Il sourit. Il dit :

— On est prêts à commencer. Pas besoin de rimes. Les rimes, c'est pour faire joli, après coup. Pour que ça se retienne bien. Et on n'a pas forcément envie que ça se retienne bien. C'est comme le lustrage d'une bagnole, quand tu la laves. C'est du superflu. Mais ça fait plaisir aux beaufs qui briquent leur caisse le dimanche.

Je quitte le lycée à dix-neuf heures. J'ai prévenu les parents que je restais au CDI parce que j'avais des recherches à faire pour le bac blanc d'anglais. Quand je rentre, la table est déjà mise. Ils se plaignent que je ne suis presque plus à la maison. Je réponds que c'est pour la bonne cause. Ma mère veut savoir ce que je vais faire l'an prochain. Est-ce que je penche toujours vers une formation courte à l'IUT ?

— C'est en ce moment que ça se décide, mon garçon. On a reçu un courrier. Il faut que tu t'inscrives sur le portail post-bac.

— Je sais. J'hésite.

— La gestion, ça ne t'intéresse plus ? Pourtant, il y a des débouchés, là-dedans.

— Je crois que je voudrais essayer une année en fac d'anglais.

— Essayer ? Mais tu crois qu'on est tellement riches que tu peux te permettre d'essayer des études supérieures et après changer d'avis ?

— Je trouverai un job à mi-temps. Comme ça, vous n'y laisserez pas de plumes.

— C'est quoi, cette histoire d'anglais ? C'est nouveau !

— Non. C'est plutôt ancien. Sauf que j'avais fait une croix dessus parce que vous me bassiniez avec le commerce. Je crois que c'est vraiment ce qui m'intéresserait.

— Et pour faire quoi, après ?

— Je sais pas, reine d'Angleterre, sûrement.

— Benjamin !

— Merde, à la fin ! Je vais mieux, je retrouve des envies, des projets, je ne me laisse plus porter par les désirs des autres, vous devriez être contents, non, vous qui vous lamentiez parce que je ne sortais jamais ?

J'ai touché un point sensible. Ma mère se renfrogne et se tait. Mon père sourit dans le vague. Il dit qu'il aimait bien l'anglais aussi, au lycée. Et c'est tout. Ma mère soupire bruyamment et quitte la cuisine. Et pendant tout ce temps, dans ma tête, les phrases s'enchaînent. *J'ai retiré mon gilet pare-balles. J'avance vers vous, je suis déterminé. Je vous vois, au fond de la salle. Le compte à rebours a commencé.*

Merde. Ça rime.

9

— Je pensais pas que ça serait… Enfin, je croyais que ça serait différent.

— J'imagine.

— D'abord, j'avais imaginé qu'elles seraient en anglais, les paroles.

— Pour mieux se cacher derrière ?

— Pardon ?

— La plupart des groupes français qui chantent en anglais, c'est parce qu'ils ont honte de leurs paroles. J'ai pas honte des miennes.

— Non, non, ce n'est pas ce que je voulais dire !

— Qu'est-ce que tu voulais dire alors ?

— Pas la peine d'être si agressif, Benji. Je… Est-ce que tu as pensé une seule fois que, vu la nouvelle configuration du groupe, c'est moi qui allais les chanter, tes paroles ?

Je suis prêt à mordre, à me battre, à hurler, à tout faire pour défendre mes textes, qui, en quelques jours – et au grand détriment de toutes les matières qui attendent que je les révise pour l'examen –, sont devenus le centre de mon univers. Sauf que, bien sûr, je n'avais pas pensé à ça. Comment est-ce que j'ai pu être aussi con ? Aussi égocentrique ?

Je m'adosse à la banquette. Nous sommes de retour au Galaxie. Mathieu m'avait envoyé un SMS. Il s'y trouvait. Il m'y attendait. Il avait tout lu. Enfin "tout", pas exactement. Il avait lu les textes des chansons que j'avais pondus, aidé au départ par le vieux Francis, et puis après, tout seul comme un grand. De la *maïeutique*, ça s'appelle. On a appris ça en philo au début de l'année.

Je n'ai donné à Francis aucun des autres trucs que j'ai écrits – les débuts de roman, les nouvelles, tout ce qui se bouscule au portillon depuis quelque temps, comme si l'écriture avait piétiné pendant des années derrière une grille et que, soudain, elle s'était ouverte. Ça part dans tous les sens. Ça me fait peur. Mais je ne me suis jamais senti aussi bien – et bizarrement, je n'ai pas envie de le partager. L'écriture, ça n'a rien à voir avec la musique, finalement. L'essence de la musique, c'est le groupe, l'orchestre, la bande. L'essence de l'écriture, c'est l'inverse. C'est peut-être pour ça que l'une a besoin de l'autre. Comme Mathieu et moi. Nous sommes plus complémentaires que jumeaux. C'est sans doute la différence entre l'amour et l'amitié, ça. L'amitié, c'est tout sauf fusionnel. L'amitié, c'est comme un puzzle dans lequel tu trouves ta place.

— Oh ! Tu m'écoutes ?

Ben non, Mathieu. Je ne t'écoute pas. Je divague.

— Pardon. J'étais ailleurs. Je… Non, je ne me suis pas vraiment rendu compte, Mathieu. J'ai écrit sur moi. Sur ce que j'avais ressenti, moi. Désolé. Je ne me suis pas mis dans ta tête.

— Encore que le coup de la passerelle…

Je ne réponds rien. Ça, personne ne le saura, à part le vieux renard du CDI.

— Bon, alors, tu ne les aimes pas, les paroles ?

— Elles sont magnifiques.

— Hein ?

— Ne m'oblige pas à répéter. Ça me fait déjà assez mal de l'admettre.

— Pourquoi ?

— Eh bien, parce qu'il y en a une, par exemple, où tu rêves de me flinguer.

— C'est virtuel.

— C'est encore pire. Mais ce n'est pas le problème, Benji. Je ne peux pas chanter ça, moi !

— OK. On trouve autre chose, alors.

— Toi, par exemple.

— Quoi ?

— Toi, tu les chantes.

— Mais je ne sais pas chanter !

— Personne ne sait chanter. Moi le premier. À côté de Clara, on est tous de la merde.

— Et Clara ?

— Hors sujet.

— Comment va-t-elle ?

— D'après ce que j'entends, elle s'éclate dans son nouveau lycée.

— Tu y crois ?

— Je ne crois en rien, Benjamin. Je n'ai pas envie de replonger là-dedans. J'en sors à peine. C'est à peu près à cette période-ci que l'accouchement aurait dû avoir lieu.

À nouveau, je deviens perméable à tous les détails. La mousse qui traîne sur les bords du verre de Mathieu. La couleur de la veste du quinquagénaire, assis tout seul au bar. Dans les haut-parleurs, la voix d'Izia qui hurle de la laisser seule. Je flippe parce que je sais que ce moment-là, je vais le retrouver tôt ou tard dans ma vie. Je serai devant un écran d'ordinateur, je déverserai des phrases, j'irai ausculter ce que nous ressentions à cet instant précis, Mathieu, moi, et même le quinquagénaire assis tout seul au bar. Je flippe parce que c'est tout un pan de ma vie qui s'ouvre devant moi. Et que je n'ai pas le temps d'y penser. Parce que, ce qu'il me faut, maintenant, ce ne sont pas des questions, ce sont des réponses – pour changer de sujet et rebondir. Alors, je me sacrifie. Je soupire. Et j'acquiesce.

— D'accord.

— Quoi, d'accord ?

— D'accord, je vais les chanter.

À peine ai-je prononcé les mots que tout mon estomac se retourne. Je viens d'imaginer la scène, les coulisses, l'attente des autres, le visage mi-curieux mi-méprisant des spectateurs, et la gueule de Franck Ménard, contrarié d'avoir fait tous ces kilomètres pour entendre un mec qui ne met pas une note juste dans tout le morceau – et qui gâche tout. Je me suis vu, en train de tout gâcher. Merde. Ça va être l'horreur.

10

Ça l'a été, l'horreur.

Déjà, il a fallu annoncer le changement de programme à Max. D'abord, que j'étais devenu parolier, encore qu'il n'a pas vraiment prêté attention aux textes ; et surtout que je me retrouvais devant le micro. Il a levé les sourcils, Max. J'ai répondu à sa question muette – oui, je savais que j'étais nul en chant, et que tout allait tourner à la catastrophe, mais bon, on était coincés. À moins que lui ne veuille devenir chanteur, auquel cas je lui laissais bien volontiers la place. Il a rougi un coup et il est parti d'un grand éclat de rire. Il a raconté que, petit, il n'arrêtait pas de chanter – de très bon cœur. De si bon cœur qu'un jour, lors d'un long trajet en voiture, ses parents l'avaient supplié d'arrêter, par respect pour la musique.

— C'est sans doute pour ça que je suis devenu batteur. Par dépit. Et puis parce qu'on pense toujours que les batteurs sont des crétins finis qui n'aiment que frapper, alors ça m'arrange.

— Je ne comprends pas.

— Quand tu es là, en retrait, et que tout le monde te prend pour un débile mental, ça te laisse le temps d'observer et de comprendre, de te forger ton opinion sur les gens. Tu sais avec qui tu perds ton temps et avec qui tu le gagnes.

— Je suis très impressionné.

— Je ne coucherai pas avec toi.

— Je suis au courant. J'en ai même été très vexé quand je m'en suis rendu compte.

— Je sais.

— En fait, personne ne veut coucher avec moi. Ni toi, ni Clara, ni les autres, c'est ça, mon drame.

— Tu vas devenir chanteur, tout ça va changer.

— Ouais. Ils vont courir vers la sortie en hurlant au feu.

— Benjamin ?

— Oui.

— Tu peux arrêter cinq minutes de te dévaloriser ?

— Non. Je suis pas programmé pour.

— Je n'ai pas envie de coucher avec toi, mais en revanche, je crois que je peux être ton ami. Ce ne sera pas une amitié aussi puissante qu'avec Mathieu, peut-être, mais ce sera une relation stable. Un truc qui traverse les années.

J'en ai eu le souffle coupé.

J'ai hoché la tête, lentement. J'étais extrêmement touché. Je m'en suis sorti par une pirouette.

— C'est le premier effet de mon changement de statut. Un chanteur, tout le monde a envie d'être son ami.

— Clara aimerait bien que tu l'appelles.

Nouvel uppercut.

J'ai tenté de digérer l'information. Je voulais depuis longtemps demander des nouvelles à Max, savoir comment elle s'en tirait, si elle pensait encore aux Frontlights, si, si, si, il y avait tellement de choses. Je me suis rendu compte soudain à quel point elle me manquait. J'ai ouvert la bouche mais rien n'est sorti. J'ai juste hoché la tête, comme un crétin de chien sur la plage arrière d'une voiture, et puis Mathieu est arrivé et nous avons commencé à répéter. Et la cata annoncée est arrivée.

Enfin, disons que, au début, Mathieu et Max n'ont pas pu se retenir de rire : je n'étais pas du tout en rythme, j'avais les lèvres collées au micro, du coup, on n'entendait rien de ce que je pouvais dire, mais en fait, c'était mieux comme ça parce que j'avais oublié les trois quarts des paroles – de *mes* paroles, merde – et que je comblais en chantant lalala. C'était lamentable.

J'ai dû lever la main pour m'excuser environ quarante fois la première heure, une vingtaine de fois la deuxième. Si on est optimiste, on peut considérer que c'est un progrès. Je n'étais pas particulièrement optimiste. Pour se délasser un peu, on a fait quelques reprises.

Les deux filles sont arrivées pendant qu'on se démenait sur le *What's My Age Again* de Blink 182. J'ai entendu leurs rires dans l'escalier qui menait au garage. J'ai tout arrêté.

Mathieu s'est fendu d'un sourire. Il a simplement dit :

— C'est Manon et Juliette.

Max a continué à jouer comme si rien ne s'était passé. Il était extrêmement concentré. Il a esquissé un sourire – bref, le sourire, limite froid – quand Mathieu l'a présenté, mais jamais il n'a lâché les baguettes. Elles s'abattaient sur la batterie et sur les cymbales avec une régularité inquiétante. Mathieu ne s'en est pas soucié.

— Et là, donc, c'est mon ami Benjamin. Guitariste et chanteur. Vous voulez boire un verre, les filles ? Je vais voir ce qu'il y a dans le frigo. Max, une bière ?

En fait, Mathieu n'a pas attendu la réponse. Il est passé devant moi, m'a fait un clin d'œil tout en murmurant :

— Manon, elle est pour moi, tu fais ce que tu veux de l'autre.

Et il a remonté les escaliers. Max a arrêté de jouer. Il a rangé ses affaires – la batterie restait en permanence dans le garage –, m'a donné une claque dans le dos et a lancé à la cantonade "À la prochaine !", et nous sommes restés là, tous les trois, à attendre les rafraîchissements. Et pendant tout ce temps-là, dans mon esprit, une phrase en anglais tournait : *"It's wrong, it's wrong, it's wrong, wrong, wrong."*

Elles sont reparties une heure plus tard. Mathieu n'a fait aucun commentaire sur la disparition de Max.

À un moment donné, il s'est installé en face de moi et il a souri – un sourire un peu désabusé. Il a dit :

— Je sais que tu penses que ce n'est pas bien. Je sais que tu penses que c'est immoral ou dégueulasse ou tout ce que tu veux. Mais qu'est-ce que je devrais faire ? Rester là, à regarder passer mon adolescence parce qu'une fille que j'aimais m'a largué ? Est-ce que c'est ma faute à moi si elle ne veut pas me voir ? Tu sais quoi ? Je comprends pas pourquoi elle ne veut plus me voir ! Je fais semblant de comprendre, je hoche la tête, je dis "d'accord, d'accord", mais en fait, je ne capte rien, putain, c'est moi le père, non ? Je suis aussi concerné qu'elle !

— Tu n'as pas été touché physiquement.

— Et alors ? Qu'est-ce que j'y peux ?

— Je ne te reproche rien, Mathieu.

— Si ! Bien sûr que si ! Si tu voyais tes yeux, c'est dingue. Et puis, dans un murmure, il a ajouté : T'es ma bouée de secours, Benjamin, tu me sauves, tu ne me coules pas.

Ce soir-là, quand je suis rentré chez moi, je pensais pouvoir déverser des milliers de mots sur les pages, expliquer, disséquer, analyser, mettre en fiction. Mais je n'ai été capable de rien de tout ça. J'ai appris ce soir-là que canaliser les émotions, ce n'est pas toujours possible. Il faut les laisser passer dans le corps, d'abord – vous grandir, vous diminuer, vous détruire – et ensuite seulement, les phrases viennent.

Ce soir-là, je me suis calé sur le rebord de la fenêtre de ma chambre et, adossé au volet pliant, j'ai regardé la rue déserte. Le printemps était arrivé depuis peu. Tout le monde voulait devenir mon ami. Cela aurait dû me mettre en joie. Mais j'étais simplement fatigué. Et j'avais besoin qu'on m'écoute, moi aussi.

11

EN ALLANT AU LYCÉE, JE L'AI SENTI, LE PRINTEMPS. Dans tous mes membres. Dans les poumons. Cette sensation de sentir le sang couler dans les veines et d'avoir le cœur prêt à verser. C'était tellement puissant que j'ai été obligé de refouler des larmes. Des larmes qui n'étaient ni de détresse ni de bonheur, simplement du trop-plein d'existence. Je me retrouvais comme j'avais été deux ans auparavant, quand nous avions formé les Frontlights. Vivant. Meurtri, bousculé dans tous les sens, mais terriblement vivant.

J'ai croisé pas mal d'élèves qui redescendaient vers le centre ville, à pied, en bus, en scooter. Moi, je remontais le courant. J'avais mon deuxième rendez-vous avec le Docteur Des Mots, le vieux Francis, dans son CDI désert. Il m'avait laissé un message. Nous avions du pain sur la planche.

Je suis arrivé guilleret, mais j'ai tout de suite déchanté. Francis n'était pas seul. Il y avait cette fille qui discutait avec lui. Julia, elle s'appelle. Je connaissais son nom parce que tout le monde connaît son nom, dans le lycée. Il y a deux ans, elle se voyait de loin. Elle avait tout l'attirail goth – du noir partout, des cheveux longs, teints et qui empêchaient pratiquement de voir son visage, des croix partout, des tatouages temporaires à géographie variable. Elle m'avait beaucoup impressionné, les premières semaines. Ensuite, elle était devenue plutôt un objet de risée qu'autre chose. La pauvre fille qui ne trouve rien d'autre que ses fringues et son style pour se faire remarquer. L'autre qui n'a rien dans le cigare.

Elle a beaucoup changé, en deux ans. Elle a abandonné tous ses oripeaux d'un coup, au cours de l'année dernière. Elle a coupé ses cheveux. Elle s'habille de manière sobre. On ne la remarque plus dans les couloirs – mais elle reste, pour la plupart d'entre nous, le Corbeau, l'Oiseau Noir, la Déguisée.

Je crois que je ne lui ai jamais adressé la parole, en fait.

Je restais en retrait, avec mon sac à dos entre les jambes. J'attendais qu'elle déguerpisse et qu'elle me laisse le vieux Francis pour moi tout seul. Mais non, elle semblait avoir pris ses quartiers. Et Francis souriait. Il souriait encore quand il m'a vu et qu'il s'est approché en lançant :

— Viens, Benjamin, faut que je te présente quelqu'un !

— On se connaît déjà

— Je ne crois pas, non.

C'est elle qui avait prononcé la dernière phrase. Sans animosité, sans rancœur, mais avec un ton ferme et décidé qui contrastait avec le timide filet de voix qui s'échappait des lèvres.

Je l'ai pris dans les dents mais au fond, elle avait raison. Nous ne nous connaissions pas. Le vieux Francis observait la partie qui se jouait sous ses yeux. Il a repris la parole.

— Donc, Julie, ici présente…

J'ai tout de suite remarqué le Julie, et pas le Julia. Le "a" final avait dû tomber en même temps que tous les costumes de scène.

— … a les mêmes préoccupations que toi.

— Pardon ?

— Elle écrit des paroles aussi.

J'ai tenté de ne pas éclater de rire. Déjà, parce que je ne m'imaginais toujours pas comme "parolier", et puis parce qu'imaginer Julie(a), c'était encore plus drôle. Genre "j'ai le feu qui meurt, Satan je m'impatiente, viens prendre mon cœur, avant la tourmente".

C'est là que Francis a ajouté :

— Pour Les Filles de Joie.

Je n'ai pas pu m'empêcher d'émettre un sifflement. Les Filles de Joie, c'est carrément un groupe régional. Des semi-pros qui ont leur propre van et qui sillonnent les salles de concert. Elles ont même fait le Printemps de Bourges et des festivals un peu partout en France. C'est un groupe de filles de vingt-cinq ans, qui bouge bien, tendance punk-rock décalé, avec des textes engagés et féministes, un peu bourrins mais…

J'ai levé les yeux sur Julie.

— C'est toi qui as écrit *Sous mes doigts* ?

— Non. C'est ma sœur, Léa. C'est la bassiste du groupe. Mais elles cherchent à se renouveler. Ma sœur leur a montré ce que j'écrivais. Elles m'ont demandé des textes. Et maintenant, je suis morte de trouille.

— Au moins, tu ne les chanteras pas, tes textes.

— Pourquoi, toi, oui ?

— Il paraît. On avait une chanteuse, mais on ne l'a plus.

— Je sais.

— J'imagine. Son ex-mec ne veut pas se mettre en avant. Il reste le batteur et moi.

— Tu devrais demander à Clément.

— Hein ?

— Il chante très bien, Clément. Simplement il ne chante que des conneries.

— Clément a déjà un groupe.

— Plus maintenant.

— Pardon ?

— Son batteur l'a lâché et son guitariste déménage en Bretagne après le bac. Exit le groupe.

— Bon débarras !

Julie m'a jeté un regard oblique. Francis a repris les rênes de la conversation en lançant un "Bon, on y va" tonitruant.

J'imagine que c'est comme ça, un atelier d'écriture. Je ne fais qu'imaginer parce qu'en fait, je n'ai jamais participé à ce genre d'activités. Il y en avait un, le samedi, à la médiathèque de la ville, sous la houlette d'un écrivain d'ici. On aurait dit une société secrète. Je les apercevais quand je montais au rayon "ados". Je n'aurais jamais pensé faire partie d'un groupe semblable.

Le vieux Francis, mine de rien, il est exigeant. Il se moque de nos rimes faciles (la rime en "é" pour Julie, la rime en "i" pour moi). Il insiste, il dit que déjà qu'on veut de la rime – alors que lui trouve ça complètement naze –, au moins qu'on se casse le cul un peu, à en chercher des originales. L'originalité, c'est son grand mot, ça. Il refuse les images qui te viennent naturellement à l'esprit, il cherche "la métaphore qui trucide". On le regarde avec des yeux ronds, on se bidonne, mais on sent bien qu'au fond, il est vachement sérieux.

Parfois, ça marche. Aussi incroyable que ça paraisse. On est là, tous les trois, on se penche sur un de mes textes ou sur un des textes de Julie, on lance une proposition, on sèche, alors Francis nous rappelle le thème du morceau et il nous demande de lui dire, très vite, tout ce à quoi ça nous fait penser. Souvent, ça part dans le mur direct, c'est n'importe quoi (c'est là que je me suis vu associer librement "aurore" et "crêpe au Nutella", je ne vois toujours pas le rapport) et ça finit en crise de rire. Plus rarement, quelque chose se détache de toi, une phrase, une expression, tu n'en reviens pas, tu l'observes, cette partie de toi que tu ne soupçonnais pas, et tu rougis, tandis que les deux autres hochent la tête.

— Bon, le thème, là, c'est la lucidité… ça vous évoque quoi, la lucidité ?

— L'âge.

— L'âge qu'on n'a pas.
— Une distance qu'on n'a pas.
— Un point de vue. Froid. Un point de vue froid.
— Nous, on peut pas. On a des yeux de fourrure.
— Stop !

Je regarde Julie. Je souris. Je concède que c'est une jolie trouvaille. J'ajoute que le problème, maintenant, c'est que si je lui fais les yeux doux, ça va la chatouiller. Elle part d'un rire sonore, elle dit :

— T'es un vrai chat, toi.

Francis frappe dans ses mains.

— On se reconcentre, les mômes, j'ai pas que ça à faire, moi.

C'est comme une colonie de vacances. Sauf que le moniteur est vieux comme le monde. Que nous ne sommes que deux. Et que nous nous retrouvons dans le CDI, une fois que tout le monde a quitté le lycée.

C'est ahurissant.

Mais quand je ressors, avec dans la tête des mots qui résonnent et qui s'enchâssent, des termes nouveaux, des images inédites, je me sens plus fier que je ne l'ai jamais été. Un peu comme si le monde était limpide – une eau claire dans laquelle je pouvais me voir, moi et mes yeux de fourrure.

Oui, enfin, quand je ressors, je suis aussi totalement lessivé, incapable de penser droit et je n'ai qu'une envie – aller enfoncer ma tête dans l'oreiller en tentant de ne pas penser à Julie.

Ce qui ne marche pas, évidemment.

12

— BON, JE CROIS QUE ÇA IRA COMME ÇA. On a quatre titres. C'est amplement suffisant. Ménard n'en écoutera que deux, de toute façon.

C'est Max qui a parlé. Avec le temps, je m'aperçois que Max prend de plus en plus d'ascendant sur Les Revenants. C'est lui qui fixe les rendez-vous pour les répétitions, c'est lui aussi qui demande à retravailler certains passages ou à les décaler d'un demi-ton, alors que le demi-ton, à la batterie, hein, entre nous... Je ne sais pas si Mathieu s'en rend compte. Je ne sais pas si Mathieu se rend compte de grand-chose, en ce moment. Mathieu est à nouveau amoureux. Je n'arrive pas à analyser ce que je ressens. En fait, je crois que je trouve ça normal. C'est plutôt moi que je trouve anormal. À dix-sept ans, je devrais passer d'une histoire à l'autre sans difficulté, me noyer dans les corps comme dans les bouteilles – je ne parviens pas à être comme ça. Par exemple, maintenant que je commence à rêver à Julie – je ne peux pas m'empêcher de penser à Clara. Un truc qui est sûr, c'est que j'en ai marre d'être moi. Voilà. Mon souhait, mon unique souhait, ce serait d'être quelqu'un d'autre. Parce que la vie ne m'attend pas. Parce que le temps est trop court. *Le temps est trop court.* Je sors l'agenda de 2007-2008 que je n'ai jamais utilisé avant et j'écris cette phrase-là. C'est épuisant. Je n'arrête pas de marquer des phrases, des bouts de textes, des paragraphes. Même pendant que je révise les cartes d'histoire-géo pour le bac. J'ai l'impression que je vais imploser bientôt.

Mathieu me demande ce que je fabrique.

— Laisse.

— Monsieur a de l'inspiration ?

— Laisse, je te dis.

— Tu devrais plutôt réviser le chant.

— Sympa.

— Non, je veux pas te froisser mais c'est limite parfois. On n'entend pas les paroles, c'est dommage.

— C'est toi qui as voulu que je m'y colle. Je te cède la place quand tu veux. Ou alors on n'a qu'à demander à Clément.

— Hein ? T'es taré ou quoi ?

— Il paraît qu'il n'a plus de groupe.

— Comment tu sais ça, toi ?

— La rumeur.

— Clément nous déteste et nous crache dessus.

— Clément nous jalouse.

— Je m'en fous. Bon, écoute, on va réfléchir à qui chante. Les paroles, maintenant, je les connais autant que toi.

— Je croyais que tu ne voulais pas les prononcer.

— Les temps changent. C'est derrière moi, tout ça.

— Je vois. Ça va vite.

— Moi ce que je vois surtout, c'est que, toi, tu fais du surplace.

— Re-sympa.

— Je te jure, Benjamin. Je m'inquiète. Ça fait combien de temps que tu n'es pas sorti le soir ? Six mois ? Putain, t'es en terminale, vieux, c'est en ce moment ou jamais.

— J'espère plutôt que ça sera les années qui viennent ou jamais.

— Manon organise une soirée samedi. Elle t'invite. Il y aura Juliette.

— C'est une *blind date* ?

— Prends-le comme tu veux.

Je jette un coup d'œil à Max, qui range ses affaires. Je ne peux pas à la fois continuer à me plaindre et refuser les offres. J'accepte. Mathieu me donne une tape sur l'épaule. Il est content. Il a l'aval de son copain.

À peine sorti, la ligne mélodique s'impose – un truc qui commencerait juste par la batterie et des claquements de main. La basse en sourdine. Et puis la montée qui attaque en riffs, *sol*, *si*, *ré*. Des mots qui diraient que c'est trop court, putain, c'est bien trop court. De la frustration qui monte en rage.

13

C'EST UNE FÊTE comme toutes les autres fêtes. Je déambule d'une pièce à l'autre. Je souris. Je suis cool. Je me trimballe avec un verre plein. Je prétends toujours que je viens de me resservir. Il y a beaucoup de monde. Je n'arrête pas de saluer, de demander des nouvelles, de répondre en quelques phrases. Il y en a déjà deux qui cuvent, endormis, dans le jardin. Il y a aussi eu la traditionnelle engueulade de couple, les blagues faciles, la musique poussée à fond, les voisins qui ont fermé les volets et le double vitrage tout en menaçant d'avertir la police. Juliette est très occupée, elle ne m'a pas accordé un regard. Mathieu, même combat. Je l'observe. Il parle fort, il gesticule. J'ai du mal à me dire qu'il y a un mois, il allait vraiment mal. Mais il a sans doute raison. C'est moi qui ne suis pas normal. Les accords que j'ai retravaillés des dizaines de fois depuis mercredi m'obsèdent. Les paroles aussi. C'est trop court. C'est bien trop court.

Je suis sur le point de m'éclipser discrètement quand Clara s'encadre dans la porte d'entrée. J'en suis soufflé. Personne ne m'avait prévenu qu'elle était invitée.

Elle est tout de suite entourée de dizaines de personnes – elle a l'air relativement en forme. En fait, elle n'a pas changé d'un poil. Même attitude, même physique, même façon de sourire et de rire. De rire, oui. Mais qu'est-ce que j'attendais ? Du drame ? Une tête de déterrée ? Une fille trop fragile qui pleurerait dès qu'on lui adresserait la parole ? Je bats en retraite. Je monte à l'étage, mais il est également très peuplé. Encore quelques marches. Je suis dans le grenier. Il y a là un canapé défraîchi, des cartons, des étagères de livres, des cadeaux de fêtes d'école en primaire – le tout dans un désordre indescriptible. Je repère même une guitare sèche, dans un coin. Elle est complètement désaccordée. J'ai de quoi m'occuper. J'hésite à appeler Julie, mais je me retiens. Je ne sais pas pourquoi.

Je suis complètement absorbé, à tenter de reproduire les enchaînements d'*Over the Rainbow* quand j'entends quelqu'un qui monte les escaliers. Elle est là, soudain, devant moi. Elle dit qu'elle me cherchait. Je hoche la tête. Je ne vais quand même pas répondre que moi, je la fuyais.

— Qu'est-ce que tu fais ?

— De la musique.

Elle sourit. Elle s'assied à côté de moi. Il y a quelques mois, j'aurais tout donné pour un moment comme celui-ci. J'aurais été le plus heureux des hommes. Aujourd'hui, je ne sais pas. Je crois que j'ai juste envie d'être seul avec ma guitare.

— Vous avez reformé un groupe, alors ?

— Apparemment.

— C'est bien.

— Pas sûr.

— Pourquoi tu dis ça ?

— Je ne suis pas sûr que ça dure longtemps. C'est juste une façon de nous remettre debout.

— C'est déjà ça.

— Et toi, comment tu te remets debout ?

— De toutes les façons possibles et imaginables. Je me répète que je ne suis pas la seule à qui ça soit arrivé. Je prends des cours de chant. Je bosse. Et je sors avec un mec très gentil.

— Ah.

— Et toi ?

— Quoi, moi ?

— Tu sors avec quelqu'un ?

Je réponds par une grimace de doute. Je continue à égrener les accords de la chanson. Elle me passe la main dans les cheveux. Je relève la tête.

— Pourquoi ce n'est pas moi, le mec avec qui tu sors ?

— Parce que ça aurait été très compliqué. Et parce que… je ne sais pas… je trouve que ça serait humiliant et gênant, pour toi et pour moi. Je me suis sans doute trompée l'an dernier. Mais maintenant, c'est trop tard. Tu passerais pour un deuxième choix et moi pour une pute.

— Je m'en fous de ce que pensent les autres.

— Pas moi. Et puis tu sais… je ne suis pas certaine de m'être trompée l'an dernier… Je… nous étions bien ensemble, Mathieu et moi. Et puis voilà, c'est arrivé et… enfin, bref… j'ai souvent pensé que nous pourrions être les meilleurs amis du monde, toi et moi… comme un frère et une sœur.

— C'est des conneries, tout ça, Clara, tu le sais bien. L'an prochain, tout le monde s'éparpille. Nous allons vivre notre vie avec des gens que nous ne connaissons pas encore.

— T'as toujours été comme ça, hein ?

— Comme ça, quoi ?

— Sérieux. Intelligent. Réfléchi.

Et d'un seul coup, là, ça me gave.

Le portrait qui se dresse devant moi. L'image que je renvoie. J'ai juste envie de péter les plombs en direct. D'envoyer balader ce qui m'empêche de bouger, mes frustrations, mes peurs, mes blocages. Je suppose que je devrais me jeter sur Clara, l'embrasser à pleine bouche, lui sortir des tonnes de mots d'amour et voir comment elle y répond, mais je fais mieux que ça. Je fais beaucoup mieux que ça, parce que nous valons tous beaucoup mieux que ça.

Je laisse la guitare en plan, récupère ma veste au passage, descends quatre à quatre les escaliers, sors sous la pluie qui s'est mise à tomber, envoie un texto. En moins d'un quart d'heure je suis devant chez Julie. Tout est silencieux dans le quartier. Nous aussi. Nous nous fondons au décor.

14

Il est temps que ça se termine, maintenant. C'est ce que je n'arrête pas de me répéter depuis ce matin. Il y a eu tellement de tensions dernièrement que j'ai l'impression que ma tête va exploser. Il a fallu faire face aux parents qui, brusquement, semblent s'être réveillés et s'être rendu compte que le bac, c'est dans deux mois. Du coup, ils se mettent à paniquer et à me reprocher de trop me consacrer à la musique et aussi à ma nouvelle copine. Je sais bien que c'est l'arrivée de Julie qui a déclenché tout ça. Ils en rêvaient. Je l'ai fait. À présent que je suis sorti du tiroir dans lequel ils me rangeaient, ils ne savent plus où me placer.

Mais mes parents, c'est loin d'être le pire – ce sont les plus faciles à gérer, en fait.

Beaucoup plus coton sont les tensions dans le groupe, entre Mathieu et Max notamment. Max préfère quand je chante. Mathieu se vexe. Ils me demandent mon avis. Je hausse les épaules. Parfois, je vois très nettement l'avenir qui se dessine devant moi, et je ne sais pas s'ils m'accompagneront. Je suis en train de me détacher de tout ce qui me retenait à terre. Et, oui, bien sûr, cela me fait peur.

Mathieu et Max sont encore plus irritables depuis une semaine. Depuis que l'arrivée de Ménard se précise. Le vieux Francis a mis au point un dossier en béton sur la presse rock en France depuis les années 1960, il a briefé les élèves, leur a interdit de poser des questions sur l'émission de télé dans laquelle Ménard a été juré ("hors sujet"), leur a demandé ce qu'ils attendaient de la conférence. Un groupe de secondes s'est mis à bosser sur les grandes tendances des années 1970, un autre sur la fin des années 1980 et l'émergence du grunge. Le CDI ressemble à une ruche – avec son vieux bourdon au milieu, détendu, souriant, plein du sens du devoir accompli.

Le sens du devoir accompli, nous, on ne l'a pas tellement. On trouve que les chansons manquent de pêche, d'unité, de mélodie, de rythme, de corps – bref, pour un peu, on plierait bagages et on retournerait s'enfermer à la maison jusqu'aux épreuves du bac, en laissant passer sur nos têtes la tornade Ménard.

Mathieu en bave à retenir les paroles, même s'il prétend le contraire. Il pense qu'on devrait plutôt opter pour des reprises. J'ai du mal à me souvenir des accords. Il n'y a que Max qui reste imperturbable. Max, il tape. Et je suis sûr qu'il en prendrait bien un de nous deux pour taper sur l'autre.

Apparemment, Clément a récupéré un guitariste et un batteur *in extremis*. Cela dit, les embrouilles qu'il a eues l'ont considérablement douché. Il ne frime pratiquement plus. "Pratiquement" seulement, parce que bon, Clément, c'est Clément, et Clément sans frime, c'est comme un quatre-heures sans Nutella.

Il règne une sorte d'effervescence au lycée. Ce n'est pas réellement dû à la venue de Ménard. C'est surtout à cause de l'année qui touche à sa fin, des conseils du troisième trimestre qui se dessinent, de l'obligation de trouver une orientation, des dossiers à remplir sur le site post-bac. Les terminales se rendent compte que le temps va manquer, que l'année prochaine nous seront éclatés géographiquement et que c'est là que nous verrons la force des liens qui nous unissent.

Des liens, moi, je ne sais plus rien. Je flotte. Il y a eu tellement d'allers et de retours cette année que je suis perdu. Ce que j'ai gagné, en revanche, est extrêmement intime et je comprends que je le garderai à vie. Ce que j'ai gagné, c'est mon lien à la musique et aux mots. C'est une identité, aussi. Je ne suis plus le mec qui traîne avec Mathieu et Clara. Je suis le mec qui écrit des paroles et, paraît-il, des histoires. Je suis le mec qui a noué une relation flamboyante avec Julie. Je sens une sorte de respect dans le regard que me portent les autres. Les profs et les assistants d'éducation, par exemple. À l'oral du bac blanc d'anglais renforcé, le prof n'a pas arrêté de m'observer. Il n'a pratiquement pas pris de notes. Il hochait la tête, simplement. Au moment de la conversation libre avec l'examinateur, nous avons parlé de mes passions. Il a souri quand je lui ai parlé de l'atelier d'écriture avec le vieux Francis. Quand tout a été terminé, il a simplement ajouté qu'il ne m'avait jamais vraiment repéré – et qu'en tout cas, il n'aurait jamais cru, au début de l'année, que ce serait si bien, à la fin. Je me suis senti rougir. J'ai murmuré un remerciement. Dans le couloir, Julie m'attendait.

Dans les tout derniers mois de ma vie au lycée, je deviens ce que je n'aurais jamais pensé être – quelqu'un qui compte. Ce qu'il me reste encore à apprendre, c'est à devenir quelqu'un sur qui compter.

Ménard arrive à seize heures. Je ne ressens pas de pression particulière. J'ai juste envie d'en finir, désormais. Je croise Clément. Il est livide. Je lui demande si ça va. Il secoue la tête. Il dit qu'il vient d'aller vomir aux toilettes.

— Je pensais pas que ça me ferait cet effet-là, tu sais.

— Tu n'y joues pas ta vie non plus, Clément.

— T'es pas à ma place, Benjamin. Je suis pris à mon propre jeu. Soit ça passe, et ma morgue, ma vantardise, tout ça est pardonné ; soit ça casse, et je deviens la risée du lycée.

Il s'éloigne en rasant les murs. Je reste là, interdit. Ce que nous avons pris, tous, en quelques mois, ce n'est pas de l'assurance. C'est de la maturité.

15

Il est exactement comme à la télé. C'en est même impressionnant. La même dégaine de trentenaire alors qu'il a largement dépassé les cinquante. Les lunettes de soleil indéboulonnables. Le perfecto qui va bien. Les santiags comme des pantoufles.

Il parle et on se laisse emporter. Il reprend tout l'historique du rock, depuis les origines. Les questions fusent. Je me rends compte que tout cela a été préparé de main de maître par le vieux Francis – qui me jette des coups d'œil, de temps à autre. Julie n'est pas là. Elle ne s'est pas inscrite. Quand je lui ai fait part de mon étonnement, elle a souri, elle a glissé qu'elle n'était pas trop du genre encyclopédique et que rien dans Franck Ménard ne l'excitait particulièrement. J'ai rétorqué que si elle ne voulait pas venir pour lui, elle pouvait au moins venir pour moi.

— Je ne suis pas de ce genre-là, Benjamin.

— Quel genre ?

— Le genre en transe, en train de tenir la main de son chouchou d'amour qui va passer une audition.

— Oui, je m'en étais rendu compte.

— Je n'ai pas envie que tu te sentes mal parce que je suis là et que tu ne veux pas me décevoir. Tu auras déjà bien assez la pression comme ça.

— C'est par pur altruisme, alors ?

— On peut dire ça. Et par pure jalousie aussi. Je n'ai pas envie de m'apercevoir que tu t'éclates sur scène et que tu es prêt à tout pour être adulé par des adolescentes survoltées.

— Je ne suis pas de ce genre-là.

— Je n'en suis pas si sûre.

Des tonnerres d'applaudissements. La conférence est terminée. D'un seul coup, mes entrailles me montent à la gorge. Je suis obligé de haleter comme une femme enceinte à un cours d'accouchement pour retrouver mon calme. À mes côtés, Max fronce les sourcils. Il me lance :

— Tu ne vas pas t'y mettre, toi aussi ?

C'est en apercevant Mathieu, à deux rangs devant moi, que je comprends ce qu'il signifie. Recroquevillé sur lui-même, le nez plongé dans ses genoux, Mathieu semble vouloir disparaître. Il a perdu toute la superbe de ces derniers jours. Le vieux Francis annonce que, maintenant, on va passer à la phase concert, qui se déroulera dans la salle commune, au rez-de-chaussée du bâtiment de l'internat. Toutes les têtes se mettent à bouger – je sens les regards se fixer sur Mathieu, sur Clément et même sur Max. Et fatalement, sur moi, aussi. J'ai l'impression que je vais me noyer – et ma bouée, ici, c'est Francis. Francis et son sourire à la fois narquois et encourageant.

D'un seul coup, Franck Ménard est là. Un petit mot pour chacun. Un sourire. Il enlève même brièvement ses lunettes de soleil. Je me demande ce qu'il peut penser en cet instant, tandis que nous nous dandinons et que nous lui serrons une main tremblante. Est-ce qu'il se souvient de la première fois qu'il a pris une guitare ? De la première fois où, devant le miroir de la salle de bain, il s'est mis à singer les nouveaux héros de la scène ? Est-ce qu'il pense à ses enfants ? Est-ce qu'il a des enfants d'ailleurs ? Je ne suis pas allé voir sa bio sur Internet. J'ai eu la flemme.

D'un seul coup, mon père est là aussi. Et là, je sens la tension dans mes jambes et dans mes bras. Je m'étais bien gardé de lui dire quand aurait lieu le concert. J'avais laissé ça dans un flou artistique. Et surtout, j'avais précisé que, de toute façon, c'était réservé aux gens du lycée, sinon, avec la présence de Ménard, on allait être vite débordés. C'est ce que la CPE avait raconté, d'ailleurs : un ou deux journalistes locaux, mais personne d'autre. Sauf mon père, apparemment. Je ne sais pas qui il est venu voir, en fait. Ça doit balancer dans son cœur entre l'idole de sa jeunesse et son fils.

D'un seul coup, Clara est là également. J'aurais dû m'en douter. Un concert d'ados, c'est comme une fête scolaire ou un apéro Facebook, tout le monde se croit autorisé à venir. Je calme ma respiration. J'essaie de penser à un lieu que j'aime par-dessus tout, un lieu calme et retiré du monde, mais tout ce qui me vient à l'esprit, c'est le pont au-dessus de la voie de chemin de fer. Le jour où.

Nous sommes tous assis sagement au premier rang. Franck Ménard se moque de nous. Il précise que ce n'est pas une remise de diplômes. Il ajoute qu'on a vraiment l'air de premiers communiants comme ça. On nous donnerait le bon Dieu sans confession – alors que le rock, nom d'un petit bonhomme, ça doit réveiller le diable en soi. Nous rions nerveusement et nous prenons des poses maladroites, que nous trouvons plus adéquates, plus rock'n'roll. Les pieds sur les chaises (la CPE va hurler), le corps dégingandé. Ménard explique qu'il est vraiment très content d'être là et de nous écouter. Il dit que c'est l'essence même de son boulot, voir des mômes, observer comment ils se saisissent de la musique et du patrimoine, comment ils le respectent ou le mettent en pièces.

— La musique, c'est avant tout de la vie. Voilà, je suis là pour vous voir vivre. Et dites-vous bien que si vous ratez votre prestation, ça n'a aucune importance, on n'est pas à la télé ici, il n'y a pas de concours, on est là juste pour prendre du plaisir ensemble. Allez, ne me laissez pas le crachoir parce que je peux le tenir beaucoup trop longtemps. C'est à vous. Honneur aux filles, on va commencer par Les Hyènes Rieuses.

J'écarquille les yeux. Il y en a quelques-uns qui gloussent. Beaucoup moins quand les filles s'approchent et règlent leurs instruments sur la scène de fortune sur laquelle on a tous répété séparément, la semaine dernière.

Séparément, c'est la CPE qui a insisté là-dessus – deux heures chaque groupe. Officiellement, c'était pour préserver la surprise et ne pas nous troubler. Officieusement, elle savait très bien qu'entre les groupes ne régnait pas non plus la franche camaraderie. À l'intérieur des groupes non plus, d'ailleurs.

Toujours est-il que je ne sais pas à quoi m'attendre. J'ai bien entendu parler vaguement d'"un groupe de filles" et évidemment, j'ai tout de suite eu des images stéréotypées. Les filles, soit ça fait de la R&B merdique, genre soupe variété avec des modulations dans la voix et des histoires de mecs qui larguent la chanteuse qui est bien triste mais qui va se venger ; soit ça produit une espèce de rock mou qui passe bien sur les ondes FM, de la rébellion à la petite semaine de gosses de riches. Je mériterais des baffes. Quand je pense à Clara ou à la sœur de Julie, je ne comprends pas pourquoi je suis encore aussi borné. Les filles sont l'avenir du rock – les garçons en seront réduits à les imiter en tirant la langue.

Les Hyènes Rieuses arrivent, déterminées, professionnelles. Elles sont impressionnantes. Je reconnais Pauline qui est en terminale S, et aussi deux autres filles de première. À peine le temps pour la batteuse de faire le fameux décompte "1, 2, 3" qu'elles sont déjà parties dans une sorte de reggae nerveux, où tout le monde en prend pour son grade – le lycée, les parents, les profs, les élèves. La chanson s'intitule *Plein la tête* et je dois dire que c'est plutôt drôle. C'est Pauline qui mène le groupe. Elle a une voix légèrement éraillée et plutôt plaisante. Beaucoup d'applaudissements. Bonne cote. Je sens mes entrailles se retourner. On sera nettement en dessous. Le deuxième morceau s'appelle *Franck Ménard* et elles mettent la gomme. Le refrain, c'est "Dans l'avenir, plus tard / J'veux pas être Franck Ménard", et tout le monde se retrouve à rire à un moment ou à un autre, y compris le principal intéressé qui, à la fin, applaudit à tout rompre. J'ai l'intestin (les intestins ? il y en a plusieurs ?) qui se contracte à tout va. Mes paroles sont nulles. Inutilement lyriques – comme du Muse mal digéré. Grandiloquentes. Au moins, j'aurai appris cet adjectif-là, cette année. J'aurai gagné du vocabulaire et de la précision dans les termes que j'utilise. On ne sait jamais, ça pourrait m'aider au bac. Ici, certainement pas.

Clément s'avance, avec ses nouveaux musiciens. Ils semblent beaucoup moins sûrs d'eux que les filles d'avant. Clément a nettement perdu de sa superbe. Je ressens quelque chose que je n'aurais jamais pensé ressentir pour Clément – de la compassion. Ce qu'un condamné à mort peut ressentir pour celui qui le précède sur la chaise électrique. Clément marmonne "Bonjour. Nous sommes les Jigsaws", et puis les premières notes commencent. Je reconnais instantanément le *Glory Box* de Portishead et j'ai à peine le temps de me dire qu'il est gonflé, Clément, de reprendre ce qui est sans doute LA mélodie du désir féminin, que je suis totalement balayé par la voix.

Il y a longtemps que je n'ai pas entendu chanter Clément. J'ai mis un point d'honneur à ne pas me rendre aux concerts de son groupe – avant que tout ne parte en débris. La dernière fois, ça doit dater d'un an environ. Je me souviens d'avoir pensé qu'il avait vraiment un beau timbre mais que l'ensemble était trop lisse, trop joli – et que finalement il ne s'en dégageait aucune émotion. Le problème central, c'était le physique de Clément, sa gueule de petit bourgeois avec la mèche et le slim qui vont bien, ses œillades appuyées aux filles du premier rang, sa façon de sourire en coin, la certitude de ses atouts. Ça me mettait hors de moi – pure jalousie, bien sûr. Je n'aurais pas dû être jaloux. C'est maintenant que je devrais l'être. C'est maintenant que tout commence. Je me rends compte du gouffre qui nous sépare.

Je suis scotché. Sortent de ses lèvres une mélopée éraillée, des modulations qui donnent des frissons dans le bas du dos, une façon de ne pas regarder le public et une détresse dans les yeux qui laissent à penser que le mec qui chante a tout traversé et revient du côté de la vie après un long passage dans les limbes. Les yeux me piquent. Je n'en reviens pas. Je reste médusé devant ce corps moulé en noir qui semble habité par la musique – par la très mauvaise musique servie par les musiciens. C'est peut-être la seule chose qui puisse faire décrocher du spectacle – même si cela ne semble pas troubler Clément plus que ça. Les accords des guitares ne sont pas au point, le solo de l'électrique est totalement faux, le batteur ne parvient pas à suivre le rythme décalé du morceau. C'est la Bérézina musicale. Et au-dessus de ça, Clément, qui se joue de tout, qui monte, descend, comme sur un roller-coaster. Qui, rauque, hors d'haleine, demande à l'autre de lui donner des raisons, de lui donner des raisons de l'aimer, des raisons d'être une femme.

Quand la prestation se termine, il y a un flottement – et ensuite, évidemment, des applaudissements. Mais des applaudissements curieusement plus polis et plus détachés que ceux qui ont accompagné Les Hyènes Rieuses. J'entends distinctement Mathieu dire "Putain, ils sont vraiment pas bons, ses nouveaux guitaristes" et c'est tout. Je regarde autour de moi. Lèvres pincées. Mines légèrement déconfites. Il y a de la déception dans l'air. Cela devrait me combler d'aise. Or, ça ne fait que m'agacer prodigieusement. Comment ont-ils fait, tous, pour passer à côté de ce qui vient de se dérouler en face de nous ? Comment n'ont-ils pas pu comprendre, saisir, que Clément vient de laisser entrevoir un morceau de ses tripes ? Merde !

Les premiers accords de *Delivery* des Babyshambles et, voilà, maintenant, la salle commence à bouger. C'est exactement ce qu'on attend de Clément. Du punk-rock bobo en diable, avec une attitude détachée, dandy, je-m'en-foutiste, et une certaine classe déclassée.

Je me retourne timidement – preuve que ce qui va suivre m'importe moins que le début du set. Je passe de Clara à mon père, de mon père à Franck Ménard, de Franck Ménard au vieux Francis, du vieux Francis à Mathieu et à Max. Depuis quand la vie est-elle devenue si compliquée ?

J'entends à peine la fin du morceau. Je vois les musiciens qui sautillent. Un dernier riff presque rageur. Une ovation pour le groupe. Ménard hoche la tête. Il a l'air content. Pas Clément. Clément a le visage plus fermé que jamais. Tandis que Ménard va boire le café que l'intendante – tremblante – vient d'amener, tout en devisant avec ses groupies de seize ans et en blaguant avec Francis, Clément s'affale à côté de moi. Il a l'air vraiment déprimé. Je fais quelque chose qui m'aurait encore donné envie de vomir il y a quelques jours : je pose ma main sur son genou gauche. Il est carrément surpris. Il en oublie une seconde sa tête d'enterrement. Il devient un point d'exclamation vivant. Je dis simplement que le premier morceau, Clément, le premier morceau, c'était juste extraordinaire. Son visage s'illumine tout à coup – je devine à quoi il ressemblait quand il avait cinq ans. Il murmure :

— C'est vrai ?

Je n'ai pas le temps de répondre. Ménard tape dans les mains comme un maître d'école. C'est mon combat. C'est ma corrida. Derrière moi, Clément glisse : "*You made my day.*" Tu as fait mon bonheur.

À moi de faire mon malheur – et de défaire mon jour.

16

C'est trop court. C'est bien trop court
Ne restent que des centièmes de seconde
Des poussières qui volent et font de
Nos corps une fin de parcours.

C'est trop court. C'est bien trop court
Poser ma main sur ton bras
Retenir, contenir et cetera
Prendre la patience à rebours.

Dans le viseur, un non-retour
Presse la gâchette, nie le regret
Je suis la balle et son trajet
Je troue les chairs et leur velours.

Voilà.

Je me souviens de tous les détails, jusque-là. La mine impassible de Ménard. Le sourire absent de Francis. La concentration sur les traits de Clara, un peu plus loin. La couleur des murs, le soleil qui rentrait par la vitre, au fond. L'odeur du bois. Les mains de Mathieu sur la guitare. Mes doigts sur les cordes. Mes lèvres près du micro. Le son des cymbales, derrière – et même le souffle de Max. J'étais conscient aussi de la fragilité dans ma voix, ses modulations incertaines, les aigus qui ne tenaient pas la route. Le léger décalage entre la musique et les paroles – tout ça n'augurait rien de bon.

Et puis d'un coup, j'ai tout oublié. Je ne sais pas exactement où je suis parti, je ne pourrais pas décrire de lieu précis, j'étais là et pourtant j'étais totalement ailleurs, je revoyais Mathieu et Clara qui s'embrassaient l'année dernière, Julie dans sa chambre, Francis dans le CDI, les images se télescopaient, je ne sentais plus mes jambes et pourtant, j'étais là, enfoncé dans l'instant, mes pieds lourds sur la scène. Je tremblais de peur mais en même temps, pour la première fois, j'étais sûr de moi. À un moment, je me suis quand même rendu compte que je hurlais presque, et que c'était faux – mais c'était trop tard. Je m'étais dégoupillé.

Il y a quelques secondes de silence, une fois le morceau terminé. Et puis des applaudissements nourris. Nourris, mais pas plus nourris que pour Les Hyènes Rieuses ou pour le groupe de Clément. Les spectateurs sont polis. Ils sont encourageants. Ils nous connaissent tous. Camille, au deuxième rang, sourit dans le vague. OK. C'est un four total.

Je n'ai pas le temps de me poser des questions. Nous enchaînons sur un deuxième titre. C'est Mathieu qui prend le micro. À la dernière répétition, nous nous sommes mis d'accord sur le fait qu'il valait peut-être mieux alterner une chanson originale et une reprise, histoire de faire voir l'étendue de nos talents. En fait, c'est Mathieu qui a pris la décision tout seul. Il avait encore des hésitations avec mes paroles, il ne les "sentait" pas, ou plus – et puis, qui sait, Franck Ménard aurait peut-être envie d'en entendre davantage, et dans ce cas, nous avions encore plein de choses à lui faire découvrir. Il a dit ça avec un sourire totalement hypocrite, et j'ai senti Max sur le point de réagir, mais je n'avais pas envie de me battre. En fait, j'étais totalement vaincu et découragé. Je me disais que c'était une grosse connerie, depuis le départ, cette idée de jouer devant Franck Ménard. Alors, j'ai cédé. Mieux, j'ai même ajouté que c'était une très bonne idée, tandis que Max roulait de gros yeux.

Je le pense de plus en plus tandis que nous nous lançons dans une reprise qui se voudrait échevelée du *Never Miss a Beat* des Kaiser Chiefs. Je voudrais être n'importe où sauf ici, devant ces quatre-vingts personnes qui se dandinent sur leurs chaises et attendent le moment où ils vont enfin pouvoir serrer la pogne de la star Ménard. Je me demande bien ce qu'il peut penser de tout ça, lui, derrière ses lunettes de soleil. Il doit se demander ce qu'il fout là et pourquoi il a accepté cette invitation. Merde. Je ne dois pas trop gamberger, je viens de rater un accord. Voilà. Revenir dans le rythme. Se laisser envahir par la batterie de Max. Tiens, d'ailleurs, je vais me rapprocher de lui, tandis que Mathieu joue sa partie en solo. Bien. Je me cale sur son tempo. Il est très pro, Max.

Il ne laisse rien filtrer mais il tape sur sa batterie avec un brio impressionnant. Et petit à petit, en restant à côté de lui, le moral remonte, les idées s'éclaircissent, c'est ma dernière année au lycée, d'ici quelque temps, tout cela ne sera plus que des souvenirs, nous aurons tous un boulot, des enfants (Max aura adopté), des horaires, nous ne trouverons plus de temps pour la musique, la musique, elle sera derrière nous, nous aurons un pincement au cœur quand nous y repenserons, mais nous irons de l'avant, de l'avant de l'avant, alors prends du plaisir, merde, prends tu plaisir, c'est ça, la guitare entre tes mains, la batterie qui te chope les tripes et te donne envie de sautiller sur place, eh bien, sautille, qu'est-ce que tu en as à faire de ce qu'ils pensent, tous, c'est toi, là, c'est la dernière fois que tu joues devant autant de monde si ça se trouve, et même que tu joues tout court, alors vas-y, sur le solo, joue avec Mathieu, envoie-lui la rage de votre amitié qui fond, des malentendus qui s'accumulent, la rage de son individualisme qui se heurte à ton mur de passivité, envoie-lui ta jalousie passée et encore présente, parce que tu aurais voulu être lui et que parfois encore, tu n'arrives pas à te détacher de ça, et tu lui en veux, dégage ça, dégage cette haine cachée, le duo devient un combat, voilà, avec Max qui compte les points, non, il ne compte pas les points, c'est lui qui abat les cartes, voilà, la voix de Mathieu, les accords de plus en plus fluides, *"it's cool to know nothing, take a look, take a look, take a look, at the kids on the street, they never miss a beat, no they never miss a beat"*.

Soudain, le dernier coup sur la batterie, comme une sonnerie de fin de récré. Je devrais être détruit, parce que nous venons de faire la démonstration – et moi le premier – que nous pouvons nous débrouiller sur des reprises mais que nos compositions personnelles sont très très loin du compte et prêtent davantage à rire qu'à s'enthousiasmer. Je devrais être détruit, oui, mais je souris. Parce que ce n'est que de la musique, après tout. Parce que la page du lycée se tourne ici, maintenant, beaucoup plus sûrement que le jour des résultats du bac. Parce que parmi tous ces gens que je vois dans le public – qui se mettent effectivement à applaudir à tout rompre, cette fois – et même sur la scène, qui sera encore à mes côtés dans dix ou vingt ans ? Personne, probablement – Max, peut-être. Et puis mon père aussi, j'espère, même si dans dix ou vingt ans, il va commencer à fatiguer. Je souris à Clara qui émet les sifflements d'usage. Au vieux Francis qui a organisé cet enterrement en grande pompe de ma jeunesse.

Nous redescendons.

Nous ne savons pas à quoi nous attendre. Francis ne nous a pas précisé comment se déroulerait la suite des événements. Ménard va-t-il nous flinguer en direct ou alors prendra-t-il des gants, nous recevant un par un dans un salon particulier, comme si nous étions des candidats de téléréalité ?

La sanction ou la sanctification, je m'en fous un peu. J'aimerais bien être ailleurs. Je sens les gouttes de sueur qui me coulent dans le dos, j'ai peur de puer, j'aimerais bien prendre une douche. Francis s'approche du micro. Il annonce que Franck Ménard donnera ses conseils aux différents groupes d'ici quelques minutes, dans la salle où a eu lieu la conférence – mais sans spectateurs. Les trois groupes sont attendus dans un quart d'heure, tous ensemble, parce que Franck n'a pas tellement de temps devant lui avant d'aller reprendre le train pour Paris. En attendant, il dédicacera rapidement son dernier livre aux élèves qui l'auraient acheté. La première personne qui se lève n'est pas un élève – c'est mon père. Je rougis violemment. Je sors de la pièce. Dehors, il fait beau. Un petit vent nous empêche de nous croire en juin, en post-bac, en vacances, en reste de la vie.

Mathieu et Max me rejoignent. Ils rejouent le match, dissèquent leurs accords depuis le début de la reprise. Il n'est presque pas question du premier morceau. Je ne dis rien. Mathieu le remarque, au bout d'un moment.

— Et toi, tu l'as ressenti comment, notre passage ?

— Je me suis totalement foiré sur le premier.

— Moi, j'ai trouvé que c'était bien.

— Merci pour le mensonge.

— Non, je te jure. Évidemment, la voix ne suit pas toujours, mais, je ne sais pas, elle dit quelque chose, cette chanson.

— Elle dit surtout qu'il ne faut pas que je persévère dans cette voie.

— Quelle voie ?

— Celle de l'écriture. Enfin, rien de grave. Bon, et au fait, qu'est-ce qu'il va devenir, le groupe, l'année prochaine ? Tu vas à Reims, Max à Dijon, moi, je reste ici. Qu'est-ce qu'on devient ?

— Je ne sais pas. Un groupe de gens qui reviennent le week-end dans leur ville natale pour jouer de la musique. On s'appellerait Les Revenants.

— T'es con.

— Je suis au courant.

— Tu as vu que Clara était là ?

— Mmh. Nous nous sommes téléphonés la semaine dernière. Nous pensons tous les deux qu'il faut aller de l'avant. Et toi, est-ce que tu vas de l'avant ?

— Je ne fais que ça.

— C'est bien, alors.

Je n'en reviens pas de tenir le choc alors qu'à l'intérieur de moi, c'est un jeu vidéo où toutes mes anciennes croyances sont dégommées par des gamins qui ricanent, mitraillette au poing. Je change de peau. J'étais amoureux d'une fille, je suis amoureux d'une autre. J'avais un ami, j'en ai un autre. J'avais une passion, j'en ai une autre. C'est bizarre, la vie, parfois, hein ? On croit que les choses sont immuables et puis voilà, une année passe et tout est bouleversé. Même si au fond je suis agréablement surpris du tour que prennent les choses, monte soudain une violente nostalgie de tout ce que je ne serai plus jamais – et de ces années de lycée qui touchent à leur fin.

Je tape de façon mécanique dans une motte de terre qui ne m'a rien fait, pour détourner l'émotion. Nous attendons, tous les dix – Les Hyènes Rieuses, les Jigsaws et nous – dans le soleil qui décline. Nous prenons des poses. Je me demande si quelqu'un a pensé à prendre une photo.

À un moment donné, Clément va fumer une cigarette au-delà des grilles du lycée et il me jette un regard assez éloquent pour que je comprenne le message.

Une minute plus tard, je le rejoins. Il fume en silence tandis que je fais semblant de m'intéresser aux collines, à l'horizon.

— Merci pour ce que tu as dit tout à l'heure.

— Pas de quoi. Ça m'a trucidé. Tu chantes beaucoup mieux que moi.

— Ce n'est pas un concours.

— En même temps, si. Depuis deux ans déjà, c'est une sorte de concours.

— C'est dommage.

— T'inquiète. J'ai assez donné comme ça. Je crois que ce que j'aime vraiment, c'est jouer de la guitare tout seul dans ma chambre. En fait, je n'aime pas tellement m'exposer.

— En écrivant, tu t'exposes aussi, non ?

— Pardon ?

— Les paroles, il paraît qu'elles sont de toi.

— Personne n'est parfait.

— Elles m'ont vraiment touché.

— Tu n'es pas obligé de me renvoyer l'ascenseur des compliments.

— Arrête d'être sur la défensive.

J'allais répondre, encore, mais je me suis abstenu. Je me suis souvenu brusquement de mes parents qui, quand j'étais plus jeune, me reprochaient tout le temps de vouloir avoir le dernier mot. Je ne sais pas de quoi ça vient, cette envie de toujours conclure l'échange. Vieillir, c'est sans doute aussi savoir laisser l'autre terminer. Et entamer à nouveau – comme Clément à ce moment précis.

— L'an prochain, tu fais quoi ?

— Je reste ici. Fac d'anglais. Et toi ?

— IUT. Technique de commercialisation. T'as pas le droit de te foutre de moi.

— Au moins tu sauras te vendre.

— Je viens de te dire que tu n'as pas le droit de te moquer.

— Désolé. C'est plus fort que moi.

— Donc, je reste ici aussi.

— Comme ça, on est deux.

— On pourrait se voir.

— On pourrait, oui.

Je me demande si je suis en train de pactiser avec le diable. Je jette un coup d'œil à Clément, à sa mèche savamment tombante, à sa belle petite gueule – c'est à son tour de fixer les collines. Il a le regard complètement perdu. Je me demande comment j'ai pu le détester un jour. Enfin, je comprends pourquoi je l'ai haï – j'ai simplement l'impression qu'il n'est plus tout à fait la même personne. Mais c'est notre lot à tous. Nous ne sommes tous que l'ombre de ce que nous avons été. Non. Je n'aime pas cette formulation-là. Je préfère l'inverser. Nous avons tous été l'ombre de ce que nous sommes vraiment. Je suis bien sentencieux, tout à coup. J'émets un petit rire.

— Qu'est-ce qu'il y a ?

— Rien, Clément.

Et j'ajoute en souriant et en écrasant le mégot qu'il vient de jeter à terre :

— Oui, je pense qu'on pourrait.

Nous rentrons sans nous regarder – je reste légèrement en retrait de lui.

Rien ne filtrera. Mais nous savons ce que nous avons scellé – une fois que les grilles du lycée se seront refermées.

17

Le truc, avec Ménard, c'est qu'il a vraiment de la gouaille, comme on dit. Du bagout. Il parle, il sait parler, il sait quand il faut appuyer sur tel ou tel mot, quand il faut paraître plus sévère ou plus détendu. Je le regarde faire comme si j'étais au spectacle. Je me rends compte aussi que je suis le seul à me comporter de la sorte, les autres semblent boire ses paroles, et ma position me met un peu mal à l'aise, je me demande si c'est moi qui ne comprends rien, si je ne suis pas en train de me prendre pour ce que je ne suis pas.

Pourtant, plus je le regarde parler, plus je me dis que s'il n'avait pas été critique de rock, il aurait sûrement choisi d'être prof. Je me demande aussi ce qu'il a laissé de lui dans son adolescence pour vouloir absolument, encore aujourd'hui, avoir un pied dedans. Je m'aperçois que, finalement, je connais peu de choses de lui. Il faudra que je demande à mon père. Mon père qui est reparti comme il était venu – apparition, disparition. J'ai même du mal à croire que c'était vraiment lui, tout à l'heure.

Donc, il parle, Ménard. Il dit à quel point il est content de voir que le rock et l'esprit rock continuent de hanter les lycées, que tant qu'il y aura des gens comme nous, il y aura de l'espoir – et le mieux, c'est que je crois qu'il est sincère. Il a fait de son combat pour le rock l'étendard de sa vie. Il ajoute que, d'abord, ce qu'il a entendu cet après-midi, c'était très bien. Il faut garder ça à l'esprit, explique-t-il, et bien se le marteler, parce qu'il ne veut pas que, lorsqu'il partira tout à l'heure, on ne se concentre que sur les côtés négatifs qu'il a soulevés.

Un frisson dans l'assistance – alors, comme ça, il y a du négatif ? Mais qu'est-ce qu'ils croyaient aussi ? Que c'était un voyage à Disneyland ?

Raclements de gorges.

— Bon, alors, on y va parce que je n'ai pas beaucoup de temps. Le premier groupe, mesdemoiselles, Les Hyènes Rieuses, bon nom de groupe. J'aime bien aussi ce que vous proposez, c'est drôle, c'est frais, et puis il y a un courant comme celui-là dans le rock, prenez les Wampas, par exemple, des textes rigolos, une musique qui ne se prend pas au sérieux, voilà, alors continuez comme ça, vous pourriez sans doute bénéficier de vrais cours de guitare et d'arrangements, parce que c'est un peu approximatif tout ça et même si ça fait partie du joyeux bordel ambiant, ça gâche un peu la performance. Surtout, n'hésitez pas à faire beaucoup de scène, tournez, tournez, c'est sur la longévité qu'un groupe comme le vôtre peut faire la différence – encore faudrait-il que vous ayez envie de faire la différence. Parce que c'est toujours le gros souci, avec les groupes de lycéens. C'est pour ça d'ailleurs qu'il n'y a que les Parisiens ou les Lyonnais, comme Starshooter dans les années 1970, qui parviennent à continuer. Parce qu'ils continuent leurs études sur place, qu'ils ne sont pas obligés, comme vous, d'aller aux quatre coins de la France pour suivre leur scolarité – parce que quand le batteur est en Bretagne, que le guitariste est à Nancy et le chanteur à Paris, qu'est-ce que tu veux faire de la musique, hein, honnêtement ? Alors oui, je sais, on va me dire que c'est l'ère d'Internet et qu'on peut échanger des fichiers son et tout le toutim, mais, je suis désolé, la musique, pour moi, ce n'est pas ça – la musique, c'est quatre gars qui prennent des instruments, les branchent, montent sur une scène et voilà, c'est parti.

Un soupir. Ménard boit une gorgée d'eau de la bouteille que la CPE lui a amenée. Et puis, surprise, point d'orgue, il enlève ses lunettes de soleil. Ses yeux sont légèrement enfoncés dans leurs orbites, cela lui donne un regard inquisiteur, quand il vous fixe, il vous radiographie. Instinctivement, nous retenons tous notre souffle. Même moi. Je ne suis plus à l'extérieur, maintenant. Je sais que mon tour va venir.

— J'ai l'air de délirer, là, de parler de trucs qui n'ont rien à voir avec le concert, de divaguer alors que Francis jette un coup d'œil à sa montre et s'inquiète parce que tout à l'heure on a un train à prendre, mais en fait, non, je suis exactement au centre. Des trois groupes que je viens d'entendre, qui pense continuer dans la musique l'année prochaine ? Qui est sûr qu'en suivant des études de médecine, de marketing, d'anglais, de je ne sais quoi encore, il ou elle aura le temps ou l'envie de travailler des morceaux et surtout, d'en composer ? Parce que c'est là, aussi, l'important. Composer. Pas copier. C'est de l'original qu'on veut – dans les deux sens du mot, une mélodie qui se détache du lot et surtout que vous ayez composée, vous. Alors, du coup, on va rendre tout de suite hommage aux Hyènes Rieuses et aux Revenants, là, parce qu'au moins, ils ont essayé de faire de l'original – avec plus ou moins de réussite, des gens au chant qui étaient un peu à la rue, des musiciens légèrement décalés, mais bon, il y avait de l'idée, c'est bien les gars et les filles, continuez. Pour l'autre moitié du concert, c'est-à-dire les Jigsaws et les Revenants deuxième titre, ma foi, comment dire…

Il sourit. On est tous tendus comme des arcs. Je pense brièvement à mon père. À la révérence que Ménard lui inspire. Je me demande de quoi ils ont parlé, tout à l'heure.

— … Écoutez, le truc, c'est qu'il faudrait greffer une partie de l'un sur un morceau de l'autre, faire un machin à la Frankenstein, quoi, vous voyez – en fait, faudrait le chanteur des Jigsaws sur les musiciens des Revenants, joli boulot dans les deux cas. Alors bien sûr, il y en a qui vont faire la gueule, c'est les chanteurs des Revenants et les musiciens des Jigsaws, mais bon, ça fait partie du jeu, quand on passe devant des pros ou devant un jury pour un casting, on accepte de se faire étendre, hein. Alors, en détaillant un peu plus, les musiciens des Revenants, sur le premier titre, j'étais un peu réticent, mais sur la reprise des Kaiser Chiefs, là, c'était vraiment très très bien, ça pétait dans tous les sens, vous étiez dedans, peut-être juste qu'il faut que vous preniez un peu de bouteille, que vous tourniez dans les bars et dans des salles pourries, mais si vous gardez la musique en vous, je crois que vous pourrez faire d'excellents instrumentistes, mention spéciale au batteur qui est quand même très doué. Bon, pour les Jigsaws, vous l'avez remarqué vous-mêmes, hein, j'ai bien vu que vous étiez dépités à la fin, disons que là, les guitares et la batterie étaient trop crispées et trop à la ramasse, vous courriez après le chanteur, bon, c'est tout, ça arrive, ce n'est pas grave, ça se règle facilement – et puis si vous avez déjà enregistré des trucs, c'est valable pour les trois groupes, faites-moi un CD, que je réécoute ça tranquillement. Bon, mais je m'aperçois que je n'ai pas parlé du chanteur, là, comment s'appelle-t-il déjà... Clément, oui, c'est ça, Clément.... Clément, bon charisme, Clément, c'est ça qu'on cherche chez les chanteurs, du charisme, généralement ils sont assez chiants les chanteurs, ils sont frimeurs, m'as-tu-vu, moitié schizos, toujours *border line*, mais bon, ils ont du charisme et de la voix, c'est tout ce qu'on leur demande, manquerait plus qu'ils réfléchissent, non, je déconne... Bon, Clément... Clément... il y a vraiment quelque chose d'écorché dans la voix, je sais pas d'où tu tiens ça, c'est curieux, parce qu'on imagine bien la famille, bien bourge, bien 4 x 4, bien piscine dans le jardin, mais il y a quelque chose dans cette voix qui fait que... je sais pas... comme un ressort qui aurait sauté et qui crèverait le matelas... C'est vraiment intéressant, ça, Clément. Vraiment. Je vais te dire, ça m'a donné des frissons à un moment, et ça, ça n'arrive pas souvent.

Tous les regards sur Clément. Cramoisi mais qui ne baisse pas les yeux. Me vient l'idée que peut-être finalement, nous ne pourrons pas faire de la musique ensemble, l'année prochaine, parce qu'il sera à Paris ou ailleurs en train de répéter, d'enregistrer ou je ne sais quoi d'autre. Je ne suis même pas jaloux. En fait, j'ai hâte de rentrer maintenant – et de raconter comment j'ai vécu ça, cette compétition qui n'en est pas une, cette complexification soudaine des relations humaines, cette boursouflure des ego blessés. Vraiment, je crois que je pourrais même en faire un bouquin qui s'appellerait genre "Le Jour où Franck Ménard est venu au lycée". Je sens que je vais m'amuser à tout décrire.

À côté de moi, Mathieu souffle. J'imagine sa rancœur. Pas de laurier de chanteur – des compliments pour la guitare, mais il sait pertinemment que nous devons être vingt à quarante mille ados supplémentaires, chaque année, à apprendre à en jouer et il doit se rendre compte également qu'il ne sera jamais virtuose. Et le comble, c'est que Ménard nous a remerciés pour l'originalité de la première composition, même si, musicalement, il a préféré la reprise.

Et ensuite, en quelques minutes, Ménard est reparti. Bruits de chaises, applaudissements, murmures de remerciements – il a disparu, précédé par le vieux

Francis. Nous restons là, tous, les bras ballants. Nous n'avons pas encore fini d'assimiler tout ce qu'il a dit. C'est un moment de très grande solitude.

Les Hyènes Rieuses ne rient pas beaucoup, tout à coup. Elles se sont transformées en "Hyènes Pensives", et elles quittent la pièce avec une discrétion dont on ne les aurait pas crues capables. Mathieu me lance "Bouge !" mais je reste pétrifié, un sourire incongru aux lèvres. Max sort, échange quelques mots avec le batteur des Jigsaws, des histoires de batteur sans doute – je les vois par la fenêtre s'éloigner ensemble. Clément respire un grand coup puis s'élance à son tour. En passant à côté de moi, il glisse "Oui, vraiment, on pourrait", et il s'efface. Mathieu s'impatiente. Je lui explique que je vais rester un peu – on se retrouve plus tard, de toute façon. Et tandis qu'il franchit la porte, je me demande quand sera ce "plus tard". Dans cinq ou dix ans, peut-être. Voire plus. Dans la salle déserte, je suis immobile. Je fixe le mur derrière la table où s'était installé Ménard. Le bruit de la porte qui s'ouvre à nouveau. Je m'attends à Mathieu, à Clément, à la CPE – mais c'est Julie qui entre. Elle s'assied à côté de moi. Elle garde le silence un moment, puis elle dit :

— J'étais dehors. J'ai écouté. C'était bien.

Je penche ma tête sur son épaule. Mon avenir, il est là, désormais.

18

JE SUIS À L'ARRÊT DE BUS AVEC JULIE. Seulement quarante-cinq minutes se sont écoulées depuis le départ de Franck Ménard mais j'ai déjà l'impression que sa visite remonte à des années. C'est comme s'il y avait eu un trou spatiotemporel et que je me retrouvais dans cinq ans, aux côtés de Julie, à nous demander quel film nous avions envie de voir ce soir, après le boulot.

Nous parlons d'un livre qu'elle vient de lire et qui l'a agacée – trop de clichés, d'optimisme béat. Elle est tellement virulente dans la critique qu'elle me fait rire.

— Le mec qui sort avec toi, il ne doit jamais s'ennuyer.

— Je ne sais pas. Faudrait lui demander.

Je suis sur le point de répondre quand mon portable sonne, et comme à chaque fois, je ne sais pas l'éteindre. Le nom de Francis s'affiche. Je grimace. Je le montre à Julie. Elle hausse les épaules. Elle me conseille de décrocher.

— Benjamin ?
— Yes.
— Tu es où là ?
— À l'arrêt de bus devant le lycée. Et toi, tu es à la gare ?
— Mmh… Enfin, non, je suis rentré à la maison.
— Déjà ?
— Oui. Tu ne voudrais pas passer un coup, là, qu'on rediscute de tout ça ?
— Je ne suis pas sûr d'en avoir envie, tu vois.
— C'était si pénible que ça ?
— Pas trop, non. Simplement, j'ai l'impression que… Enfin, bon, on ne va pas parler de tout ça au téléphone.
— C'est pour ça que je te propose de passer.
— Je ne suis pas tout seul.
— Tu es avec qui ?
— T'es de la police ? Avec Julie.
— Amène-là, elle aussi.
— Tu fais une grande soirée post-rencontre ?
— Arrête. Bon, chez moi dans vingt minutes.
— Mes parents vont s'inquiéter.
— Tu te fous de moi ?

Vingt minutes plus tard, évidemment, nous sommes tous les deux devant chez Francis. C'est marrant, je n'aurais jamais imaginé qu'il habitait une de ces maisons toutes semblables dans un quartier pavillonnaire. Je pensais qu'il vivait dans une sorte de baraque toute tordue des années 1930 avec des couloirs interminables, au milieu d'un désordre indescriptible. Mais non, tout est rangé, propret, briqué – cela ressemble à chez moi, mais en un peu plus gai. Nous sonnons et c'est une femme brune et souriante qui nous ouvre. Elle a l'âge de mes parents.

— Vous devez être Benjamin. Et vous Julie. Ils sont dans le jardin, à l'arrière. Ils vous attendent. Je file, je dois passer au supermarché pour ce soir. Vous veillerez à ce que Francis ne boive pas trop d'alcool, d'accord ? Je compte sur vous. Traversez la maison, vous les trouverez.

Je jette un coup d'œil à Julie. Elle est aussi perplexe que moi. C'est le "les" qui nous déboussole. Je n'ai pas le temps de me poser des questions en fait. Julie a pris les commandes. Elle s'engage dans ce qui doit être la salle à manger, se dirige vers la porte-fenêtre et là, elle s'immobilise. Je manque de me cogner à son dos. Je lève les yeux.

Devant nous, il y a une table blanche, une table de jardin en plastique comme on en achète dans n'importe quel grand magasin, avec un parasol rouge à franges comme on n'en produit plus depuis des années. Des deux côtés de la table, sur des chaises en bois, il y a le vieux Francis et son ami Franck Ménard.

Je suis pétrifié – et en même temps, je suis un volcan intérieur. Mes entrailles cherchent à s'échapper, ma peau est incandescente. J'ai une furieuse envie de prendre mes jambes à mon cou, mais je suis incapable de bouger. C'est Ménard qui nous repère en premier et qui lance :

— Ah ben tiens, ils sont arrivés.

Et là, il se lève, ôte ses lunettes de soleil, franchit la porte-fenêtre et vient nous serrer la main. Francis n'a pas bougé. Il se contente de sourire dans le vague.

— Bon, mademoiselle, je ne vous connais pas, mais Francis m'a dit le plus grand bien de vos textes, vous n'étiez pas au concert tout à l'heure ?

Julie commence une phrase, mais elle est inaudible – elle est obligée de se racler la gorge avant de reprendre. C'est à ce moment-là que je me rends compte à quel point elle est elle-même abasourdie, et intimidée. Curieusement, cela me rassure.

— J'étais sur la passerelle. J'écoutais de l'autre côté du mur.

— Et vous entendiez quelque chose ?

— Les cloisons du lycée sont très fines.

— Ça vous a plu ?

— Je ne sais pas.

— Comment ça, vous ne savez pas ?

— J'étais terriblement stressée. J'avais peur qu'il se plante.

— Qui *il* ? Cet énergumène, ici présent ?

— Oui.

— C'est votre mec ?

— Oui.

— Un couple de jongleurs de mots, donc.

Julie est cramoisie. Je crois que je ne l'ai jamais vue aussi violette. Quant à moi, le rouge m'a quitté – c'est la pâleur qui s'installe. Nous ressemblons à la rencontre improbable entre une citrouille et un spectre. C'est Halloween en plein mois d'avril, dans le jardin du vieux Francis.

Ménard sourit. De très près, et sans ses lunettes de soleil, il est beaucoup moins impressionnant. Il paraît aussi plus fragile – parce que plus vieux. Je regarde ses yeux qui ont vu tous les plus grands groupes de rock de la planète – ils ont tellement connu de choses qu'ils semblent presque délavés. Je me demande si mes yeux à moi, aussi, un jour, seront délavés. J'aimerais bien.

— Qu'est-ce que tu mates comme ça, jeune homme ?

— Votre histoire.

— Comment ça, mon histoire ?

— J'essaie de deviner ce que c'est d'être vous.

— Oublie ça. J'appartiens au passé, c'est l'horizon qu'il faut avoir en ligne de mire.

— Oh ! la la ! quel poète !

Je ne sais pas d'où me vient cette insolence-là. C'est comme si toutes les barrières tombaient en étant à côté de lui, sans public. Je n'ai plus l'ombre d'un papillon dans mon ventre. Ménard, il me fait penser à Francis – et surtout à mon père. En tout cas, mon toupet a l'avantage de le faire rire. Un grand rire franc et sonore. Quand il se calme enfin, je sens son regard qui tente de me percer. Il dit doucement :

— T'es pas commun, toi. Et il ajoute : Comme tes textes d'ailleurs. Vos textes à tous les deux. C'est pour ça que je suis là. C'est pour ça que je reste dormir chez Francis et que je ne reprendrai le train que demain matin. Il y a quelque chose qui m'intéresse terriblement dans vos mots. Une fraîcheur propre à l'adolescence – attendez, ce n'est pas une critique, on est tous à la recherche de fraîcheur quand on a trop entendu de musique – une fraîcheur, donc, et malgré tout une certaine sophistication, mais pas trop alambiquée, pas absconse. C'est rare, ça. Et puis surtout, ce sont vos tripes qui parlent – c'est ce qui change tout. Vous n'hésitez pas à exposer vos tripes, et à penser que les autres vont se retrouver dedans. J'aime bien ça. J'aime vraiment ça.

Je ne suis pas sûr de comprendre ce qu'il me dit. Je suis hypnotisé par ses lèvres et par ses yeux qui fatiguent. Des bribes de phrases me passent par la tête, certaines sont fulgurantes, j'aimerais qu'il se taise juste le temps que je les emprisonne dans mon filet à papillons. Mais s'il y a bien une chose qu'on ne peut pas demander à Franck Ménard, c'est de se la boucler. Alors, il continue et c'est de plus en plus ahurissant.

— Je suis resté parce que, vous voyez, je produis des groupes de rock, vous le savez sans doute. Le problème qu'on a, ce n'est pas la musique, ce n'est jamais la musique, ce n'est pas la voix non plus, parce que les voix, on en a aussi, même si celle de votre copain Clément, là, elle a un timbre qui m'intéresse, non, le gros hic, ce sont les paroles – quand un membre du groupe les écrit, c'est souvent, enfin, comment dire, c'est pas au niveau, les rockeurs ne lisent pas assez, et ça se sent, alors les mots, c'est du réchauffé, du mille fois entendu, du cliché, remarquez en anglais, c'est pareil, mais les Anglais, ils s'en foutent, pour les Anglais, les paroles c'est secondaire, parce que leur langue est rythmée, les phrases anglaises, ça fait brève brève longue, brève brève longue, tatataaa, et ça donne une rythmique imbattable, mais voilà, nous, on n'a pas une langue rythmée, on n'a pas une langue accentuée, alors la seule solution, pour retenir l'attention sur la chanson, c'est une mélodie imparable et puis des mots qui sonnent, des mots qui soulèvent des trappes, des mots qui te font imaginer l'enfer, et ça, ça, on a du mal à trouver.

— Vous n'avez jamais essayé, vous ?

— Mais tu m'écoutes quand je te parle ? Moi, je suis le passé. Chaque fois qu'on demande à un vieux, à quelqu'un qui a de la route, du vécu, de l'expérience, chaque fois donc qu'on lui demande d'écrire pour un groupe de gamins de vingt ans, c'est la cata, on sent que ce ne sont pas leurs mots à eux, que ça ne correspond à rien pour eux, et ça donne de la soupe. Dieu sait si on a essayé. Non, ce qu'il nous faut, ce sont des gamins de vingt ans qui écrivent pour des musiciens de vingt ans et un chanteur de vingt ans, vous voyez où je veux en venir ?

— Je peux m'asseoir ?

Ménard éclate de rire mais il ne lâche rien.

— Seulement si tu dis oui. Si vous dites oui, d'ailleurs. Parce que j'aime bien le côté garçon/fille, c'est important le point de vue des filles, je maintiens que les plus grands rockeurs sont des rockeuses, et j'aime bien votre côté couple, je vous imagine bien tous les deux dans un studio, en train de réécouter un morceau encore et encore, mais bon, je me trompe peut-être complètement, sans doute même, mais tant pis, j'ai envie de faire un essai, je ne veux pas passer à côté de quelque chose, des paroliers, on en découvre rarement, alors, on fait un essai ?

Je double Franck Ménard. Je rejoins le vieux Francis sur la terrasse. Il est sérieux comme un pape. Je m'affale sur le siège en plastique blanc à côté de lui. Julie me suit et m'imite. Ménard est à la traîne. Il arrive juste au moment où je demande à Francis si on lui avait jamais dit qu'il était soûlant son copain – ce à quoi il répond que la soul, c'est le maître mot en musique.

Ménard reste là, debout, les bras croisés sur le ventre. Je regarde Julie. Je connais déjà notre réponse commune, mais j'ai envie de profiter de l'instant. De penser à tout ce qui vient de se passer, d'anticiper tout ce qui va venir, de photographier mentalement le pavillon, le quartier, la ville qui m'a vu grandir. La sonnette retentit. Francis va ouvrir. Je l'entends accueillir mon père qui, apparemment, est invité aussi.

C'est à ce moment-là, juste avant que mon paternel ne débarque avec ses yeux pleins d'étoiles et son côté midinette-monsieur-Ménard-je-pourrais-pas-avoir-un-autographe que j'inspire un grand coup comme avant un plongeon du plongeoir de dix mètres à la piscine, et que je réponds oui.

Oui, on pourrait.

Achevé d'imprimer en février 2011 par l'Imprimerie Floch à Mayenne pour le compte des éditions Actes Sud, Le Méjan, place Nina-Berberova 13200 Arles.
Dépôt légal 1re édition : mars 2011.
N° d'impr. : 79015
(Imprimé en France)